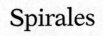

Spirales

Spirales

Tatiana de Rosnay

Spirales

EDITIONS FRANCE LOISIRS

Édition du Club France Loisirs,
avec l'autorisation des Éditions Plon.

Éditions France Loisirs
123, boulevard de Grenelle, Paris
www.franceloisirs.com

© Plon, 2004
ISBN 2-7441-7708-3

Pour Zinaïda, ma tante.
Pour Maryvonne et Martine,
rencontrées à Limoges.
Pour Bernard C., alias Fantômas.
Pour Sandrine B., alias Lilu.

« Le mal se fait sans effort, naturellement, par fatalité ; le bien est toujours le produit d'un art. »

Charles BAUDELAIRE,
Curiosités esthétiques.

Il n'a pas bougé. Il est toujours étendu à même le carrelage, les bras en croix, les jambes raides. Pas de bruit. Juste un robinet qui goutte. Le ronronnement du Frigidaire. Sa respiration à elle. Elle le regarde, elle ne fait que cela, le regarder.

Puis elle détache enfin les yeux du polo rouge, de la parka noire, et elle regarde la cuisine, comme si c'était la première fois qu'elle la voyait. Large. Moderne. Pratique. Ordonnée. Une grande table en chêne, lisse, lustrée, malgré les années et le passage turbulent d'enfants et de petits-enfants. Elle revoit encore les siens, à cette même table. Leur adolescence lointaine et les petits matins difficiles, muets, paupières gonflées, lèvres boudeuses. Son fils, grognon. Sa fille, avachie. Elle revoit tout cela. Elle ne sait pas pourquoi elle y pense. Elle a l'impression d'un pan de vie tout entier qui vient de se terminer.

Quelque chose d'irrémédiable. De fini. D'envolé.

Le robinet goutte, opiniâtre. Lui, ne bouge toujours pas. Sa main gauche est passée sous une chaise. Il porte une de ces grosses montres modernes, laides, qui doivent biper.

Elle se tient encore debout, à quelques pas de l'endroit où il est tombé. Elle a envie de s'asseoir, ses jambes lui semblent faibles. Elle saisit une chaise, celle qui se trouve le plus loin de lui, et se pose.

Elle se sent apaisée. Malgré ce corps tout près, elle est soulagée. Immensément soulagée. Enfin, elle va se libérer de ce poids qui lui pèse depuis si longtemps. Enfin, elle va pouvoir respirer, ne plus faire ces cauchemars qui la terrifient.

Il ne lui reste plus qu'à attendre le retour de son mari. Il ne va pas tarder. Elle entendra le claquement du portail automatique, le grondement du moteur, puis sa clef dans la serrure. Comme tous les soirs, il rentrera, il enlèvera son loden, il rangera son attaché-case lourd de manuscrits et il prononcera son prénom d'une voix joviale. Il se dirigera vers la cuisine, d'un pas léger, d'un pas insouciant, comme il le faisait, soir après soir, s'apprêtant à poser ses lèvres sur le haut de la tête de sa femme.

Sa femme. Ce soir, il la trouvera assise à la grande table lisse, les mains à plat devant elle. Et à ses pieds, un mort.

Elle dira : Je vais tout t'expliquer. Depuis le début.

Cinquante ans. Elle ne les faisait pas, finalement. Les autres le lui disaient, souvent. Mais le demi-siècle était là. Définitif. Sans erreur. Là. Sur le papier. Et dans sa tête.

Elancée, distinguée, elle respirait la discrétion, les bonnes manières. Hélène était bien née, son nom de jeune fille était joli. Elle portait ses longs cheveux bruns à peine argentés attachés dans un catogan de velours. Elle se tenait droite et souriait souvent. Dans le quartier, tout le monde aimait Hélène. Elle faisait partie d'une association de bénévolat, elle s'occupait parfois de la bibliothèque et elle avait participé à l'ouverture d'une halte-garderie. Elle prenait aussi le temps de veiller sur sa belle-mère, une vieille femme édentée et acariâtre qu'elle avait réussi à amadouer à force de lui sourire, de l'écouter, de lui tenir la main.

Hélène était calme, placide. Elle élevait rarement la voix. Parfois, une mèche s'échappait de son catogan lorsqu'elle était contrariée, et c'était là le seul signe de son énervement intérieur. D'un geste ferme, elle la rabattait derrière son oreille. Une respiration. Les épaules redressées. Voilà. Elle attendait que les choses se passent. Elle fuyait les conflits. Tout glissait sur elle. Rien ne laissait de trace.

Son mari, Henri, était éditeur. Il ramenait à dîner des écrivains. Hélène les recevait avec simplicité et convivialité. Pendant la journée, elle s'occupait des menus, des courses, des fleurs. Elle prenait son rôle d'hôtesse au sérieux. Lors des repas, elle laissait son mari parler, non pas par ignorance, car elle était cultivée, mais parce que Henri avait besoin de briller. Elle le regardait avec un sourire bienveillant. Elle était fière de lui. Rien ne manquait à leur bonheur. Leurs deux enfants avaient la trentaine, ils avaient réussi. Il y avait des petits-enfants, aussi.

Elle était une grand-mère sereine. Cela ne la gênait pas d'être grand-mère, si jeune. Quand un des bébés braillait, elle le berçait, tout doucement. Jamais elle ne perdait patience. Elle exaspérait sa fille Alice. Son fils Julien se moquait gentiment d'elle. Il l'appelait « sainte Hélène ». Cela ne la dérangeait pas.

Elle n'avait jamais trompé son mari. En trente ans, pas une fois l'idée d'une aventure ne l'avait effleurée, pas une seule fois, même lorsqu'elle avait appris que son mari lui avait été infidèle.

Hélène se laissait couler dans sa vie placide et douce. A l'écoute des autres, elle se montrait généreuse, affectueuse. Elle ne se plaignait de rien. D'ailleurs, de quoi pourrait-elle se plaindre? Son existence feutrée, calme, ne lui apportait que des petites joies prévisibles, faciles à digérer.

Un matin d'été, elle était allée rendre visite à une amie malade dans un quartier qu'elle connaissait peu. Elle avait eu du mal à garer sa voiture, et elle avait longtemps tourné dans un lacis de ruelles poussiéreuses, étouffantes de chaleur. Elle s'était rangée difficilement dans un passage étroit, sombre et silencieux.

Tandis qu'elle effectuait la manœuvre, un homme brun, debout sur le trottoir, la regardait. Il devait avoir une quarantaine d'années. Le teint mat. Une barbe de quelques jours. Il l'observait en souriant. Elle se sentit mal à l'aise. Hélène n'avait pas l'habitude qu'on la regarde ainsi. Elle ferma sa voiture à clef, et s'en alla rapidement.

A son retour, après avoir passé quelques heures avec son amie, elle constata que l'homme était encore là.

Adossé au mur de l'immeuble, il semblait l'attendre. Hélène s'inquiéta. Que voulait-il? Pourquoi la regardait-il ainsi? Elle fit mine de ne pas le voir et s'engouffra dans sa voiture. Il s'approcha d'elle, se pencha. Les yeux verts, les dents blanches dans un visage basané. Il sentait quelque chose de puissant, un mélange d'eau de toilette et de tabac.

Elle s'agrippa au volant, apeurée. Mais que voulait-il, enfin?

— N'ayez pas peur, dit-il, d'une voix calme et caressante, je ne voulais pas vous effrayer, madame.

Il avait un accent. Hélène était incapable de l'identifier. Elle le regardait, méfiante. Il portait un pantalon beige et un T-shirt bleu marine fripé.

— Que voulez-vous? dit-elle, tremblante.

— Venez avec moi, répondit-il, venez.

— Mais non, venir avec vous, pourquoi donc?

Les yeux verts souriaient.

— J'habite là, dans le passage. Vous ne voulez pas venir avec moi?

— Mais vous êtes fou, siffla-t-elle. Laissez-moi tranquille.

Elle tenta de démarrer, mais dans son énervement elle cala. Il la regardait toujours, calmement. En souriant. Hélène parvint enfin à démarrer.

L'homme tourna les talons et entra au numéro 17.

Hélène n'arrivait pas à oublier ce qui lui était arrivé. Dans le décor raffiné de son salon, elle revoyait toute la scène. Pourquoi avait-elle eu peur ? Il avait été gentil, courtois. Mais elle n'avait plus l'habitude qu'un homme lui fasse de telles propositions. A vrai dire, cela n'était jamais arrivé, même quand elle était plus jeune. A croire que les hommes ne s'intéressaient pas à elle, physiquement. Pourtant, elle savait qu'elle était jolie.

Il s'était tout simplement moqué d'elle. Il avait croisé une bourgeoise entre deux âges, et il avait voulu s'amuser. Il n'avait pas du tout eu envie d'elle. Voilà la vérité. Voilà ce qu'elle devait se répéter pour arrêter de penser à lui.

Son mari rentra tard, la mine sombre.

— Tu as vu les nouvelles ? demanda-t-il.

Hélène secoua la tête. Non, elle n'avait rien vu. Henri se versa un whisky, le but d'un trait.

— Les Landillot... commença-t-il.

Hélène le regardait. Il semblait éprouvé.

— Quoi, les Landillot, dit-elle.

— Un incendie, marmonna son mari. La maison a brûlé cette nuit. Ils sont morts, tous morts. Tu te rends compte? Le petit Arthur, quel âge avait-il?

Hélène porta une main à ses lèvres. Paul Landillot était un ami de son mari. Un auteur. Pas un intime, mais ils se voyaient de temps en temps, en famille, dans leur belle maison de Meudon.

— Mon Dieu, dit Hélène, sous le choc.

Elle pensa à Mme Landillot, aux enfants. Elle pensa aux flammes, au sommeil interrompu par la fumée, par la mort.

Son mari regardait par la fenêtre, la bouche amère.

— La vie ne tient qu'à un fil, Hélène, annonça-t-il.

Il disait souvent cela. Pour elle qui menait une existence si placide, si tranquille, cette expression n'avait pas de sens. Quel fil? Comment la vie pouvait-elle tenir à un fil ? La vie s'étirait lentement, comme une coulée de mélasse qui s'échappe avec mollesse d'un pot renversé.

— Il faut profiter de chaque instant, dit Henri. Tout passe si vite. On cligne des yeux, et c'est déjà demain. Tu ne trouves pas ?

— Oh oui, dit-elle, avec douceur. Oui, oui.

Elle resta assise, le dos droit, à l'observer.

— Veux-tu dîner ? demanda-t-elle enfin.

Il contempla son épouse, sereine, lisse, impeccable.

— Allons donc dîner, ma chérie, lui répondit-il.

Pendant le repas, elle parla peu. Il lui demanda si elle était passée voir Mamine – sa mère à lui – et si elle avait pensé à récupérer son costume gris chez le teinturier.

Elle hocha la tête, doucement, oui, oui, elle avait fait tout ça.

Comme d'habitude.

Pendant le repas, pendant une bonne partie de la nuit, Hélène ne pensa pas à Paul Landillot et à son destin tragique, mais à l'homme aux yeux verts qui, pas plus tard que cet après-midi, avait eu envie d'elle. Elle revoyait sa bouche, ses dents blanches, sa peau hâlée. Elle revoyait ses mains.

Elle avait promis de retourner voir son amie malade. Pourquoi ne pas y aller cette semaine? Elle avait le temps, et cela ferait plaisir à son amie. Le matin venu, elle lui téléphona. Son amie l'attendrait, jeudi vers midi.

Jusqu'au jeudi, elle rongea son frein. Elle remplit sa semaine à coups de Mamine, de bénévolat, de réunions de bibliothécaires. Jeudi arriva enfin. Hélène partit tôt, après de longs moments passés devant sa glace. Cinquante ans, tout de même. Comment se rajeunir? Perdre dix ans ? Mais après tout, il l'avait remarquée telle qu'elle était. Elle n'avait pas à cacher son âge. Elle n'avait pas besoin de le séduire. C'était déjà fait.

Elle eut du mal à retrouver le petit passage gris. Pendant vingt minutes, elle tourna en rond, de plus en plus agacée. Sa mèche s'échappa du nœud de velours. Rageusement, elle la plaqua en arrière.

Finalement, elle se gara où elle put, et elle décida de chercher le passage à pied. Elle le trouva enfin, tapi entre deux rangées d'immeubles. Il était désert, ombragé, moite. L'homme n'était pas là. Elle se sentit à la fois déçue et soulagée.

Hélène n'osait pas s'aventurer dans le passage. Comment était-elle venue jusqu'ici ? Comment avait-elle pu ? Elle, la femme d'Henri Harbelin. Elle était folle. Elle était devenue folle. Elle perdait la tête. Tout cela parce qu'un inconnu lui avait fait des propositions indécentes.

Elle fit volte-face et courut jusque chez son amie.

En montant l'escalier, elle marqua une pause pour dompter son catogan.

Lorsqu'elle retrouva sa voiture, vers quinze heure trente, la chaleur qui s'abattait sur la ville était à son point culminant. Le ciel était presque blanc, les trottoirs gris d'une poussière sèche. Hélène transpirait sous sa longue robe de coton. Sa peau blanche luisait à la racine de ses cheveux, à la naissance de ses seins.

Sa voiture était une étuve. Impossible de s'y asseoir. Elle ouvrit les vitres. Sa clef de contact toujours à la main, elle fit quelques pas vers le passage dont la fraîcheur humide la happa dès qu'elle s'arrêta devant son ouverture.

Son cœur fit un bond. L'homme était là, adossé au mur. Il fumait une cigarette. Il la vit, esquissa un sourire. Elle resta interdite, une main sur la clavicule. Il s'approcha, jeta le mégot dans le caniveau.

— Je vous attendais, dit-il. J'étais sûr que vous alliez revenir.

Hélène était comme hypnotisée. Elle ne pouvait plus parler. Elle ne pouvait plus que regarder cet homme qui avait encerclé son poignet de ses doigts. Il prit sa main, l'ouvrit, saisit la clef qu'elle serrait de toutes ses forces.

— Rangez ça, murmura-t-il.

Elle glissa la clef dans la poche de sa robe.

— Venez, ordonna-t-il avec un sourire. Venez avec moi. Maintenant.

Il avait toujours cet accent indéfinissable. La chaleur écrasante semblait la pousser vers lui. Elle se liquéfiait, se désintégrait. Elle n'avait plus de substance. Elle ne pensait plus. Le suivre maintenant? Oui, elle le devait. Elle le voulait. Elle était venue pour ça.

Une porte cochère à la peinture écaillée, une cour délabrée, une autre porte, puis un petit appartement sombre, étouffant de chaleur. Elle ne remarqua pas le désordre, la saleté. Elle ne voyait que l'homme debout devant elle qui, d'un geste brutal, défit les boutons de sa robe. Elle ne voyait que les mains qui prenaient possession de la moiteur de sa peau.

L'homme parlait, disait qu'elle était belle, qu'elle était excitante, qu'il allait la faire jouir. Hélène n'avait pas l'habitude de ces mots-là. Elle les savoura comme un dessert nouveau. L'homme était pressé, haletant. Mais il souhaitait avant tout lui donner du plaisir. Il s'agenouilla devant elle, enfouit son visage entre ses cuisses nues.

Pendant un très court instant, Hélène revint à elle. Elle se vit, plaquée contre le mur décrépi d'une pièce désordonnée. Elle vit la tête d'un étranger contre son ventre, une épaisse chevelure sombre. Elle vit les mains d'un étranger, les ongles noirs de crasse, agrippées à ses hanches. Elle faillit hurler, le repousser, s'enfuir. Les lèvres de l'étranger lui procuraient un plaisir inconnu.

Impossible de s'en aller. Impossible de faire autre chose que de rester rivée à lui, incandescente. Elle ne savait plus qui elle était. Elle s'en fichait. Seul importait cet homme.

Sa jouissance était presque douloureuse tant elle la vida. Il y eut du noir devant ses yeux, une pression sur ses tempes. Elle vacilla. L'homme la rattrapa. Ses yeux étaient fiévreux, son visage presque hagard. Il parlait, mais elle n'entendait plus. Il la guida vers un lit défait, retroussa davantage la robe froissée. Tout se passa très vite. Il était en elle.

Au début, elle le subit, affolée, confuse. Mais petit à petit, sa jouissance toute récente sembla se raviver, se décupler. C'était une sensation à la fois exquise et insupportable. Le centre du monde, cette chambre brûlante comme un four, cet inconnu qui pétrissait son corps, les grognements et les cris qu'elle n'avait pas l'impression de pousser, mais qui venaient pourtant d'elle. Leurs chairs rendues glissantes par la sueur se collaient l'une à l'autre avec un bruit mat de ventouse.

Le temps s'était arrêté. Il n'y avait plus pour Hélène que cet accouplement sauvage, charnel dans lequel elle puisait une volupté frénétique. Elle ne voulait pas que cela se finisse, elle subodorait déjà dans les mouvements de l'inconnu qu'il allait jouir, alors elle ferma les yeux pour garder au plus profond d'elle, au plus intime, ce qu'elle était en train de vivre.

Avec un râle, presque un cri, l'homme s'écroula sur elle, l'écrasant de son poids. Yeux toujours fermés, elle accueillit ce corps étranger qu'elle enveloppa de ses bras avec une sorte de tendresse. Elle avait envie de lui dire merci, merci pour tout ce qu'elle n'avait jamais connu et qu'elle découvrait à cinquante ans, grâce à lui. Elle sentit son souffle chaud contre son oreille, puis il eut un soubresaut, comme un dernier spasme de plaisir.

Le calme tomba sur leurs deux corps toujours luisants de sueur. Elle se sentait bien avec cet homme blotti dans ses bras comme un enfant. Comme il était apaisé, silencieux, après l'orage de cette possession si brutale.

Doucement, elle caressa la nuque sous l'épaisseur humide des cheveux noirs. Elle n'osait pas lui parler.

Que lui dire, après tout? Elle ne connaissait même pas son nom. Pourquoi ne disait-il rien non plus? Avait-il des regrets? Non, ce n'était pas possible. Ils avaient passé un moment inouï. Un moment inoubliable.

Une autre pensée l'effleura. Allaient-ils devenir amants? Reviendrait-elle souvent ici, dans ce petit appartement malpropre, donner son corps à cet homme?

Mais oui, elle le ferait. Pourquoi pas? Henri avait bien eu ses aventures. Henri ne saurait jamais rien de celle de sa femme.

Personne ne saurait jamais rien.

Elle se souvenait qu'elle avait vu Paul Landillot, en plein mois d'août, sortir à l'heure du déjeuner d'un hôtel de charme aux portes de la capitale. Sa femme était en Bretagne, avec les enfants. Il était accompagné d'une jolie blonde d'une vingtaine d'années. Il avait fait mine de ne pas voir Hélène. Hélène avait eu le temps d'apercevoir la main de la jeune femme plaquée sur ses reins à lui. Elle se souvenait bien du visage doré, souriant, de la jeune blonde. Ce devait être sa maîtresse. A l'époque, cela l'avait choquée. Imaginer Paul Landillot dans des draps froissés, nu, avec cette gamine à la bouche gourmande.

Maintenant... Hélène sourit. Elle ne ressentait pas une once de culpabilité. Si Henri savait! Et toutes ces dames de la paroisse, de la halte-garderie, de la bibliothèque... Si elles savaient ce qu'Hélène faisait de ses après-midi. Des images bestiales revenaient, lui mettaient le feu aux joues.

L'homme ne parlait toujours pas. Dormait-il ? Elle ouvrit enfin les yeux, contempla la crasse du plafond, les rideaux en Nylon jaunis qui laissaient à peine filtrer la lumière du jour. L'homme était lourd, elle tenta de bouger sous lui. Il ne dit rien.

— Tu as aimé ? demanda-t-elle timidement, une main sur son épaule.

Elle se sentit audacieuse d'avoir osé le tutoiement.

Il ne répondit pas. Il devait dormir. Les hommes s'endormaient souvent après l'amour. Henri aussi. Mais elle devait s'en aller. Elle ne pouvait pas rester là. Ce serait dangereux. On pourrait la voir.

— Je dois partir, chuchota-t-elle à l'oreille de l'inconnu. Réveille-toi, je dois partir.

Il ne bougea pas. Alors elle le poussa, plaquant sa main sous une aisselle touffue. Il roula sur le dos. Elle se redressa, se pencha vers lui avec un sourire maternel, prête à déposer un baiser d'adieu sur son front.

Le visage de l'homme était bleu, enflé. Ses yeux révulsés n'étaient que deux globes blancs sans iris. De sa bouche entrouverte pendait une langue noirâtre.

Hélène étouffa un cri d'épouvante. D'un bond, elle mit de la distance entre elle et ce faciès méconnaissable. Tremblante, elle ne parvenait pas à croire ce qu'elle voyait. Comment était-ce possible ? Comment une chose aussi abominable avait-elle pu se produire ?

L'homme était mort. Bien mort. Sa poitrine ne se soulevait pas. Ne fallait-il pas vérifier ? Peut-être pouvait-elle encore le ranimer ?

Elle s'approcha lentement. Elle devait le toucher, même si c'était répugnant, horrible. Avec un glapissement d'effroi, elle posa ses doigts craintifs sur la jugulaire. Sous la peau subitement fraîche, cireuse, le sang n'affluait plus.

Que faire ? Appeler la police ? Le SAMU ? Elle chercha le téléphone, le trouva sous le sommier. Elle avança sa main vers le combiné, puis hésita.

Qu'allait-elle dire à la police, au SAMU ? Il était trop tard pour sauver cet homme, de toute façon. Et puis, elle ne savait pas son nom, elle ne savait rien de lui. Et comment expliquer sa présence chez lui ? Elle serait obligée de dire qui elle était, de donner son nom, son adresse. Comment décrire la façon dont il était décédé ? Elle se voyait devant un inspecteur de police goguenard : nous étions en train de faire l'amour, et il est mort au moment de sa jouissance. Elle voyait la tête d'Henri, elle imaginait le scandale.

Impossible. Elle éloigna la main du téléphone.

Il était toujours vautré sur le lit, obscène, le pantalon aux chevilles, le visage tuméfié et le sexe encore rigide. Elle avait peur de ce cadavre qui imprégnait l'air de la chambre avec sa mort. Il n'y avait qu'une chose à faire, fuir.

Tandis qu'elle cherchait ses affaires éparpillées dans la pièce, le téléphone se mit à sonner. Elle sursauta, écouta la sonnerie stridente qui se prolongea. Avec maladresse, se cognant partout, elle s'habilla à toute vitesse, ajusta son catogan, enfila ses chaussures, puis s'enfuit, avec un dernier regard effaré vers le mort.

Elle était terrifiée à l'idée de croiser quelqu'un dans l'entrée de l'immeuble. Mais elle ne vit personne.

Une fois dehors, personne non plus. La chaleur était devenue plus lourde encore, on sentait poindre l'orage. Hélène se mit à courir vers sa voiture. Elle n'avait jamais couru aussi vite de sa vie. Les premières grosses gouttes commencèrent à tomber alors qu'elle atteignait la voiture.

La clef ? Ah oui, dans sa poche. Elle s'installa au volant. Ses mains tremblaient, elle n'arrivait pas à mettre le contact. Tout son corps se mit à frissonner. Ses genoux s'entrechoquaient, ses dents aussi. Elle s'efforça de se calmer tandis que la pluie crépitait sur le pare-brise. Personne ne l'avait vue. Elle allait rentrer tranquillement à la maison. Personne ne saurait jamais rien de cette histoire.

Mais une fois la voiture lancée, l'effroi la reprit. Dans le rétroviseur, elle guettait le moindre signe de quelqu'un à ses trousses. Elle conduisait mal, de façon saccadée. Le trajet lui sembla interminable. Malgré elle, elle se mit à sangloter. Une fatigue immense l'envahit. Elle avait mal partout. Elle avait trop chaud. La nausée l'étreignait.

De quoi était-il mort ? D'une crise cardiaque, certainement. Pourtant, il n'avait pas l'air vieux, quarante ans, tout au plus. Etait-il malade ? Drogué ? L'avait-il contaminée avec un virus, une maladie ? Il n'avait pas mis de préservatif. Comment avait-elle pu coucher avec un parfait inconnu ? Elle avait perdu la tête.

Et comment avait-elle pu abandonner cet homme mort ? Il était certainement le fils, le frère, le père de quelqu'un. Comment en était-elle arrivée là ? Elle qui se souciait tant des autres. Elle qui était si généreuse. Elle ne se reconnaissait plus. Elle ne savait plus qui elle était.

Des larmes coulaient le long de ses joues. Elle pouvait encore faire marche arrière, retourner là-bas, prévenir la police. Oui, c'est ça, retourner chez lui, téléphoner, expliquer clairement, calmement, ce qui s'était passé.

Non ! Tout sauf revenir, se confronter au visage bouffi, à la langue noire. Cette langue, tout à l'heure, cette même langue en elle... Elle gémit d'horreur, de honte.

Elle montait les trois marches du perron lorsque la porte de la maison s'ouvrit. C'était la femme de ménage qui s'en allait.

— Oh, madame est toute trempée, s'exclama-t-elle.

Hélène lui adressa un sourire figé.

— Oui, j'ai oublié mon parapluie, dit-elle en pénétrant dans le vestibule. A demain, Marie-Rose.

Elle claqua la porte, puis monta directement dans la salle de bains. Elle se déshabilla rapidement, jeta ses affaires dans le panier de linge sale.

Son corps était encore maculé du passage de l'homme. Elle se lava avec frénésie.

Puis elle resta longtemps sous le jet d'eau frais, les yeux clos, sans bouger.

Henri rentra deux heures plus tard. Il trouva son épouse devant la télévision, un verre de porto à la main. Elle buvait rarement du porto. Mais il ne fit aucun commentaire. Il revenait de l'enterrement de la famille Landillot, et il avait lui aussi besoin d'un remontant.

— Tu as eu raison de ne pas venir, dit-il en se versant un verre. C'était épouvantablement triste. Tu n'aurais pas supporté.

Hélène fit oui de la tête. Elle se tenait droite. Ses cheveux étaient propres, brillants, parfaitement coiffés. Sa robe de lin rose n'avait pas un faux pli.

— Il y avait beaucoup de monde, reprit Henri. C'était d'une tristesse. Tous ces cercueils. Et la chaleur. Non, c'était horrible. Tu as passé une bonne journée, chérie ?

Elle le regarda droit dans les yeux.

37

— Oui, très bonne, dit-elle.

Et elle se versa un deuxième verre de porto.

Elle avait décidé, après sa longue douche, que tout irait bien. Personne ne l'avait suivie. Personne ne saurait jamais rien. Elle n'avait touché à rien, même pas au téléphone, personne ne trouverait ses empreintes. Elle allait tout oublier. Le corps-à-corps, la mort inattendue, la fuite éperdue sous la pluie jusque chez elle. Tout cela était fini. Du passé. Rangé. Classé. Combien de temps ce cadavre allait-il rester allongé sur le lit dans la chaleur de la nuit ? Ce n'était plus son affaire. Elle n'y penserait plus jamais.

C'était comme si elle n'avait jamais mis les pieds là-bas.

Ils dînèrent avec un ami de passage, Pablo, un auteur espagnol à succès. Hélène souriait, passait le saumon fumé, les blinis, le citron. La conversation était amusante.

Plus la soirée avançait, plus elle se sentait libérée d'un fardeau. Elle disait des choses drôles, spirituelles. Henri la regardait avec admiration. L'ami écrivain aussi. Il la trouvait en beauté, visiblement.

Elle se laissait aller petit à petit, le chardonnay aidant. Elle souriait beaucoup, rejetait sa tête en arrière pour faire danser ses boucles d'oreilles. Oui, elle se sentait jolie. Elle se sentait femme. C'était idiot, mais c'était ce qu'elle sentait.

De temps en temps, elle ne pouvait s'empêcher de penser à sa jouissance de tout à l'heure, à ce que l'homme avait fait naître au creux de son corps. Rien qu'en y

39

pensant, une petite décharge électrique la faisait frissonner.

C'était son secret. Son secret à elle.

Pablo décida qu'il fallait qu'Hélène et Henri viennent passer un week-end à Barcelone, chez lui. Avec cette canicule, ils pourraient profiter de la plage. Et il y avait tant à faire, à voir, à Barcelone. Les Ramblas, les maisons de Gaudí, la Sagrada Familia, le parc Güell.

Henri trouva l'idée excellente. Hélène aussi. Elle n'y était jamais allée. Trouver la date, voilà ce qu'ils devaient faire à présent.

— Hélène, ma chérie, prends ton agenda, demanda Henri à sa femme.

Hélène se leva, consciente du regard de leur ami Pablo qui suivait sa démarche dansante.

Son petit sac à main en cuir clair, de marque, n'était pas dans l'entrée où elle le posait d'habitude. Elle jeta un coup d'œil dans la chambre à coucher, la salle de bains. Pas de sac. Où l'avait-elle mis ?

Les voix des hommes s'échappaient de la salle à manger. Pablo racontait des blagues catalanes crues. Henri s'étranglait de rire. Hélène alla dans la cuisine.

Toujours pas de sac. L'avait-elle oublié dans la voiture ?

Avec la violence d'un coup de poignard, elle comprit où elle l'avait laissé.

Elle l'avait laissé dans la chambre de l'inconnu. Le petit sac était tombé au sol lorsque l'homme l'avait plaquée au mur et soulevé sa robe. Dans son affolement, elle avait oublié de le reprendre en partant.

Son sac! Son sac d'été, aussi mince qu'une pochette du soir. Si petit, mais dedans, son agenda, sa carte de crédit, ses papiers. Assez de choses pour qu'on la retrouve.

Le saumon fumé remonta dans sa bouche. Elle eut à peine le temps d'atteindre la salle de bains. D'un jet net, elle vomit son repas dans les toilettes. Elle se redressa, tira la chasse, passa de l'eau sur son visage.

Dans la glace, Hélène était blafarde, échevelée. La peur lui broyait les tripes. Elle ne pouvait plus respirer.

Elle glissa le long du mur, s'accroupit sur le carrelage, encercla ses jambes avec les bras. Qu'allait-elle faire? Qu'allait-elle devenir? Son sac. Son sac chez cet homme.

Elle avait l'impression de vivre un cauchemar. Comment une histoire pareille avait-elle pu lui arriver? Sa vie paisible,

sans heurts, semblait lointaine, inacces-
sible. Pour le moment, il n'y avait que le
contact frais du carrelage sous ses fesses,
ses genoux luisant de larmes et cette sensation d'horreur.

Et si elle allait tout dire à Henri, là,
maintenant ? Elle demanderait à Pablo de
partir, puis elle avouerait tout, du début
jusqu'à la fin. Oui, c'était cela qu'il fallait
faire. Tout dire, tout déballer. Elle n'avait
jamais menti. Elle n'allait pas s'y mettre
ce soir.

Mais comment lui dire, justement ? Par
quoi commencer ? Tu sais, Henri, cet
après-midi, pendant que tu étais à l'enterrement des Landillot, j'ai eu un « pépin ».
Voilà, écoute, cela va te sembler invrai-
semblable, mais c'est vrai. J'ai suivi un
homme. Je t'ai trompé pour la première
fois avec un inconnu. En allant chez
Anne, je suis tombée sur lui. Il m'a abor-
dée, je n'ai pas pu résister, je ne sais pas
ce qui m'a pris. Pendant que nous fai-
sions l'amour, il est mort. D'un coup,
comme ça. J'ai eu peur, alors je me suis
enfuie. Et dans la précipitation, j'ai laissé
mon sac chez lui.

Henri, dévasté, sonné, éberlué. Henri
meurtri. A jamais.

42

Et puis, tout ce qu'elle subodorait ensuite, les ragots, les chuchotements, les sourires, les clins d'œil à leur passage. Vous êtes au courant, pour les Harbelin... Ma chère, quelle histoire ! Jamais je n'aurais cru cela d'elle....

Gloussements. Ricanements. Rien que d'y penser, elle frémissait. Non, pas cela. Ne valait-il pas mieux mentir, pour le protéger ? Pour ne pas lui infliger le pire ?

Et ses enfants. Alice, Julien. Les petits-enfants. Sa belle-mère. Seigneur. Non.

Non, elle ne pouvait rien dire. Les mots ne devaient pas sortir de sa bouche. Les mots de la vérité devaient rester en elle. Il fallait trouver d'autres mots. Mais où ? Comment ?

Hélène se leva. Ses jambes étaient endolories, lourdes. Son visage creusé. Où était la jolie femme insouciante de tout à l'heure, celle sur qui les hommes dans la salle à manger avaient posé des regards rêveurs ?

Avec précipitation, elle se remaquilla. C'était difficile, ses mains tremblaient, elle en mettait trop, faisait des pâtés avec le mascara.

La sonnerie du téléphone retentit. Elle l'entendit à peine.

Quelques instants après, on frappa à la porte. C'était son mari.

— Hélène, dit-il d'un ton préoccupé, téléphone pour toi. C'est un commissaire de police. Il veut te parler.

La police?

Hélène se regarda dans le miroir. Son visage était devenu un masque blanchâtre, poudreux. Il avait bien dit « un commissaire de police », elle n'avait pas rêvé.

Elle cria à Henri qu'elle arrivait. Sa voix était presque normale. D'où tenait-elle cet aplomb? Elle n'en savait rien.

Elle remit de l'ordre dans sa coiffure, passa une dernière fois la houppette de poudre sur son front, ouvrit la porte. Henri l'attendait dans le couloir.

Il était encore temps de tout lui dire. C'était maintenant ou jamais.

— Le commissaire dit qu'on a retrouvé ton sac, dit Henri. Ta petite pochette beige. Tu l'avais perdue?

Hélène ouvrit la bouche.

Tout lui dire, maintenant. Tout avouer, d'un bloc. Henri, je sais pourquoi la police est au téléphone. Je t'ai trompé cet après-midi avec un inconnu. Il est mort. J'ai laissé mon sac dans sa chambre. Voilà.

Mais elle dit autre chose, très vite :

— Mon sac ? Ça fait dix minutes que je le cherche, mon sac.

Elle prit le combiné que lui tendait son mari, articula « allô » d'un ton détaché, poli.

— Madame Harbelin ?

A l'autre bout du fil, une voix masculine, un peu nasillarde ; Henri à ses côtés, et Pablo, dans la salle à manger, avec son cigare, et qui écoutait lui aussi.

Hélène était comme une actrice qui jouait le rôle le plus important de sa carrière, de sa vie. Sauf que, dans cet instant précis, elle ne jouait pas. Elle improvisait.

— Nous avons trouvé votre sac à main, annonça la voix nasillarde.

— C'est formidable, fit Hélène. (Son ton lui parut faux, mal assuré. Elle creusa son sourire, passa une main dans ses cheveux.) Je viens de me rendre compte que je l'ai égaré. Où l'avez-vous trouvé, monsieur ?

L'homme hésita.

— C'est délicat, madame. Vous devez venir au commissariat du 10ᵉ arrondissement, 1, rue Hittorf.

— Maintenant ? s'étonna Hélène.

Elle fit mine de regarder sa montre.

— Oui, madame.

Elle regarda Henri, chuchota : ils veulent me voir ! en mimant l'incompréhension. Elle sentait qu'elle avait parfaitement réussi à rendre ses yeux tout ronds, ahuris.

Henri prit le combiné. Il voulut savoir pourquoi la police avait besoin de voir son épouse à onze heures du soir.

Il écouta la réponse, puis raccrocha.

— Il n'a rien voulu me dire.

Hélène levait les sourcils.

— Tu sais, dit-elle d'une voix sérieuse de petite fille, je me rends compte qu'on a dû me voler mon sac tout à l'heure dans la voiture, pendant que j'étais chez Anne, tout ça sans que je m'en aperçoive, et ils veulent me voir maintenant pour que je l'identifie.

— Tu avais laissé ton sac dans la voiture ?

— Mais oui, sous la banquette. Il est si petit. Et j'avais mis les clefs de contact dans ma poche.

Henri semblait accepter cet état de fait. Puis il dit :

— Pourquoi veulent-ils te voir maintenant? Ça pouvait attendre demain, tout de même. Que va-t-on faire de Pablo?

Hélène fit un geste superbe de la main. Pablo n'avait qu'à venir avec eux. Le commissariat était à dix minutes en voiture. En une demi-heure, elle aurait récupéré son sac, et ils pourraient revenir prendre le café à la maison.

Henri s'était garé sur un grand boulevard, à deux pas du commissariat. En
chemin, encadrée des deux hommes – son
mari à sa droite et Pablo, à sa gauche,
cigare aux lèvres –, Hélène se demandait
ce qui la faisait marcher, tenir, sourire,
rire.

Elle n'avait qu'une envie : disparaître.
Comment faisait-elle pour avoir cette voix
insouciante, ce regard serein ? Savait-elle
ce qui l'attendait ? Délit de fuite ? Non-
assistance à personne en danger ? Flagrant délit d'adultère ? Non-déclaration
de décès ?

Plus elle s'approchait du commissariat,
plus elle sentait son courage, sa bravoure
s'estomper à chaque pas.

Oui, il était encore temps. Elle pouvait
étendre le bras, effleurer la manche
d'Henri, lui murmurer : Ecoute, il faut
que je te parle. Arrête-toi.

Mais elle poursuivait son chemin, mue par une force surprenante, inattendue, bras dessus bras dessous avec le mari, l'ami écrivain, et elle se demandait ce qui l'attendait, ce qu'elle allait devoir affronter.

Que redoutait-elle le plus, au fond : la réaction de son mari lorsqu'il apprendrait son infidélité ? Ou son regard lorsqu'il se rendrait compte qu'elle avait fui, laissant derrière elle un homme mort qu'elle n'avait même pas tenté de sauver ? De ranimer ?

Elle ne savait pas. Elle ne voulait pas savoir.

Le commissariat se dressait devant eux. Sa gorge s'était desséchée. Elle voyait des points noirs danser devant ses yeux.

— Tu es toute blanche, Hélène, s'inquiéta Henri.

— Oh ! dit-elle, j'ai soif. Il fait chaud !

Et elle franchit le seuil du commissariat d'un pas léger.

Comment faisait-elle ? Son cœur pesait lourd. La peur lui creusait une entaille dans le ventre. Mon Dieu, faire marche arrière, les planter là, s'envoler ! Partir à jamais, ne plus revenir, tout oublier.

On les emmena dans un bureau défraî-chi. Le petit sac d'Hélène était posé sur la table. Elle le regarda.

Le petit sac beige avait tout vu. S'il pou-vait parler, il pourrait tout raconter, dans les détails les plus sordides. Il l'avait vue succomber à cet homme, le subir, puis se révéler dans le stupre. Il l'avait vue nue, écartelée, gémissante. Puis il avait vu l'homme mourir, et elle s'enfuir.

Son sac. Son sac qui était resté des heures dans une fournaise avec un cadavre.

Elle n'osait pas le prendre. Pourtant, il fallait bien le faire, puisque le commis-saire le lui tendait. Il lui demanda si c'était bien son sac. Elle répondit par l'affirmative. Pouvait-elle vérifier qu'il ne manquait rien ? Elle s'exécuta.

— Tout y est, dit-elle enfin. Où l'avez-vous trouvé, commissaire ?

Le commissaire regarda Henri. Il sem-blait hésiter.

— Le sac a été trouvé au domicile d'un ressortissant serbe, Zarko Petrovic. A côté d'ici, 17, passage du Désir.

— Passage du Désir ! s'exclama Pablo avec un sourire canaille. Il y a un en-droit à Paris qui s'appelle comme ça ? Formidable !

— Cet homme aurait volé le sac de mon épouse ? demanda Henri.

A nouveau le regard coulant, par en dessous.

— C'est ce qu'il faut voir, monsieur. Cette personne n'a pas de casier judiciaire. Il travaillait dans le textile. Je dis « travaillait », parce que ce monsieur a été retrouvé mort.

Hélène entendait son propre cœur battre comme une grosse caisse. Les autres devaient l'entendre. On allait lui demander pourquoi son cœur battait ainsi. La mèche s'échappa de son catogan. Elle n'osa pas la rabattre. Elle resta figée, sans bouger.

— Comment ça, mort ? fit Henri.

— Oui, monsieur. Il a été retrouvé à moitié dévêtu sur son lit. Avec le sac de votre femme dans la chambre. Selon les premiers éléments de l'enquête, il serait décédé d'une crise cardiaque survenue lors d'une activité sexuelle.

— Bon, et alors ? dit Henri. Quel rapport avec ma femme, s'il vous plaît ?

Le policier glissa un regard vers Hélène.

— Ben voilà, monsieur. C'est là où ça se complique. On a trouvé des cheveux de femme sur les draps. Et aussi sur le corps de l'homme.

Silence.

Hélène gardait un visage lisse, serein. Juste un peu étonné. Elle se tenait droite, les genoux serrés.

D'une main assurée, elle cala la mèche rebelle derrière son oreille.

— Quel genre de cheveux ? demanda-t-elle d'une voix parfaitement maîtrisée.

— Des longs cheveux bruns, madame.

Nouveau silence.

— Connaissiez-vous cet homme, madame Harbelin ? demanda le commissaire.

Henri bondit.

— Je ne sais pas ce que vous insinuez, commissaire, mais je n'aime pas ça.

Hélène posa une main apaisante sur l'épaule de son mari.

— Calme-toi, chéri, voyons.

Puis elle s'adressa au commissaire avec un sourire.

— Non, je ne connaissais pas cet homme. Pas du tout. Cet après-midi, je me suis garée dans un passage pour voir mon amie, Mme Duffau, qui est souffrante. Elle habite par là. Rue d'Hauteville. Je connais mal le quartier.

J'ai poussé ma pochette sous la banquette, et j'ai bêtement laissé la fenêtre entrouverte, car il faisait très chaud. J'avais juste les clefs de contact avec moi. Je ne pensais pas qu'on pouvait voir le sac de l'extérieur, il est si petit. Et puis je n'allais pas rester longtemps chez mon amie, elle est très fatiguée.

Les mots coulaient de sa bouche, parfaits, ourlés, mélodieux. Tout ce qu'elle disait résonnait avec un tel accent de sincérité qu'elle se mit elle-même à croire en son discours.

— En revenant, je n'ai pas du tout fait attention au sac que j'avais laissé sous le siège avant. Je me suis rendu compte de sa disparition pratiquement au moment où vous avez téléphoné.

Elle osa un sourire étonné.

Le commissaire hocha la tête. Il semblait perplexe.

— Et ces cheveux bruns qu'on a retrouvés sur le lit?

Hélène eut l'audace de passer une main légère le long de son catogan.

— Je ne vois pas ce que vous voulez dire, dit-elle.

Le policier esquissa un mince sourire.

— Ce monsieur est décédé en plein acte sexuel. On trouve votre sac dans sa

54

chambre et des cheveux qui ressemblent aux vôtres. (Il haussa les épaules.) Comment vous expliquez ça, vous ?

Henri se braquait à nouveau. A l'intérieur d'Hélène, quelque chose s'effritait.

C'était sa dernière réserve d'honnêteté. Sa dernière miette de bonne conscience. Tout ce que ses parents lui avaient inculqué depuis sa naissance. Il faut toujours dire la vérité, Hélène. Toujours. Sinon, on est puni. On est puni, tu sais. Ne jamais mentir. Tu entends, Hélène ? Il ne faut jamais mentir. Mentir, c'est un péché. C'est un terrible péché.

Mentir. Mentir pour s'en sortir. Oui, mentir.

A présent, plus question de dire la vérité. Même si elle y avait songé un quart de seconde, maintenant, c'était fini.

Mentir. Continuer à mentir avec aplomb. Ce policier avec son regard veule n'allait pas bouleverser sa vie.

Il n'allait pas la souiller aux yeux de son mari.

Mentir. Sauver la mise.

Hélène se leva.

Elle avait des gestes élégants de jeune fille de bonne famille. Elle montra au commissaire le peigne fin qui était dans sa pochette. Il était propre, mais quelques longs cheveux bruns s'y trouvaient encore.

Hélène expliqua calmement que l'homme avait dû renverser le contenu du sac sur son lit après le lui avoir dérobé. Voilà tout simplement comment les cheveux s'étaient retrouvés sur le lit. Et après, sur lui.

Les hommes écoutaient Hélène. Elle était sereine, posée. Tout en elle exprimait l'harmonie, la douceur, la réserve.

Le commissaire, en la regardant, ne pouvait imaginer cette quinquagénaire élégante, prude, dans la chambre à coucher désordonnée, étouffante, où il avait vu le mort.

C'était impossible que cette bourgeoise soit venue là et qu'elle ait fait l'amour avec cet homme. D'ailleurs, elle ne devait pas souvent faire l'amour, ça se voyait. Ce n'était pas elle qui avait pris la fuite après la mort du Serbe. Il lui avait volé son sac et il avait eu des relations sexuelles avec quelqu'un d'autre. Quelqu'un qui n'était pas très pressé de rester.

Mais quelqu'un qui n'était pas cette sage Mme Harbelin.

— Vous allez pouvoir partir, madame. Mais nous vous rappellerons lorsque nous aurons les résultats de l'autopsie, d'ici quelques jours.

Un quart d'heure après, Pablo, Henri et Hélène prenaient le café à la maison. Son sac trônait dans le salon. Pablo s'esclaffait.

— Passage du Désir, ricanait-il. Le pauvre gars qui crève en forniquant. La femme qui se tire ! Eros et Thanatos... Magnifique idée de roman !

Henri riait aussi. Il regarda Hélène qui, malgré la chaleur, conservait un teint pâle et frais.

— La prochaine fois que tu vas chez Anne Duffau, gare-toi ailleurs, chérie. Et prends ton sac avec toi !

Elle avait gagné. Cela avait été si facile. Elle n'en revenait pas. Tandis qu'Henri faisait sa toilette dans la salle de bains, et une fois installée dans le lit, elle se disait qu'elle l'avait échappé belle. Elle avait eu beaucoup de chance. Soit.

Et cet aplomb? Et cette assurance? Elle aurait pu bafouiller, s'écrouler, tout dire. Jamais elle ne pensait s'en tirer avec une telle pirouette. C'était bien ça. Une pirouette. Elle était presque contente d'elle.

Puis la honte revenait la titiller. Tout de même... Laisser ce pauvre type, cet inconnu, mort sur son lit. Comment l'avait-on découvert, d'ailleurs? Elle se rappela le téléphone qui avait longtemps sonné pendant qu'elle se rhabillait en catastrophe. Qui était-ce, à l'autre bout du fil? Un ami? Sa maîtresse? Sa mère? Quelqu'un à qui il devait manquer.

En ce moment, pendant qu'elle, Hélène, se prélassait dans sa jolie chambre vert-de-gris, une femme, plusieurs femmes, des hommes aussi, devaient pleurer cet inconnu. Un enfant, peut-être. Des parents, sûrement. Ils allaient devoir l'enterrer, s'occuper de la tombe, des papiers, d'un héritage, de toutes ces choses affreuses qui accompagnent la mort.

Personne ne l'avait vue. Personne n'était capable de dire qu'une femme brune, la cinquantaine, très comme il faut, était sortie de l'appartement du Serbe, les traits tirés, affolée.

S'il n'avait pas fait l'amour avec elle, serait-il encore en vie, cette nuit ? L'avait-elle tué ?

Hélène se coula sous les draps frais. Il ne fallait plus penser à tout ça. C'était du passé. L'homme était mort, on avait retrouvé son sac, et personne ne s'était douté de quoi que ce soit. Alors pourquoi y penser ? Pourquoi se faire du mal ?

— Tu as une drôle de tête, remarqua Henri en entrant dans la chambre.

Hélène lui répondit qu'elle était fatiguée. Elle avait besoin de dormir. La chaleur l'épuisait.

Henri se coucha à côté d'elle. Il éteignit la lumière, murmura : « Bonsoir, chérie. »

Au bout de cinq minutes, il tenta une approche. D'une main assurée, il lui flatta la croupe, comme si elle était une bonne jument. C'était souvent pareil avec Henri. Agréable mais édulcoré. Il devait réserver ses audaces à ses maîtresses.

Hélène se laissa faire. Elle refusait rarement les avances de son mari. De toute façon, cela ne durait pas bien longtemps.

Elle ne put s'empêcher de penser qu'un autre homme, cet après-midi même, s'était insinué en elle, exactement là où Henri se logeait à présent.

Cet inconnu lui avait arraché une jouissance brutale qu'elle n'avait jamais éprouvée avec Henri. Une jouissance presque douloureuse. Une sensation d'abandon, de perte de contrôle, de volupté acérée. Elle ne savait pas que cela existait, jouir ainsi.

Tandis que son mari ahanait au-dessus d'elle, Hélène revoyait la scène bestiale de l'après-midi, la tête de l'homme fichée entre ses cuisses, l'homme qui retroussait sa robe de ses mains pressées.

Elle vit tout à coup un cadavre la prendre, un mort vivant au visage bleui, avec sa langue noire et son sexe gonflé. Impossible d'ôter cette image de son cerveau.

Les yeux fermés, elle subissait les derniers assauts d'Henri. Elle avait l'impression de faire l'amour avec le mort. Le mort était revenu la narguer. C'était lui qui gémissait dans l'obscurité, c'était sa chair morte et froide qui la pénétrait. Elle sentit son corps à elle qui se barricadait comme une forteresse, son sexe qui se rétrécissait, sa peau qui se durcissait tel un bouclier.

Qu'Henri se dépêche enfin ! Hélène n'en pouvait plus. C'était insupportable. Invivable. Elle avait mal au cœur. Elle ne pouvait plus respirer.

Une fois son plaisir atteint, Henri s'était vite assoupi. Il n'avait pas remarqué l'état de sa femme.

Hélène se leva, alla dans la salle de bains. Elle se rafraîchit le visage, but un verre d'eau.

Comment s'endormir ? Comment arrêter de penser à cet homme, à ce qu'elle avait fait avec lui, à sa mort ? Elle pensait pouvoir tout effacer. Pourrait-elle tourner la page, continuer comme si de rien n'était ? Ne s'était-elle pas trompée ? Elle ne pourrait pas oublier. Elle n'oublierait jamais. Oui, elle s'en doutait maintenant.

Ses articulations étaient douloureuses, comme après un violent effort sportif. Cela venait sans doute de son après-midi mouvementé, de ce qu'elle avait laissé cet homme lui infliger. Elle parvint tout de même à dormir.

Lorsqu'elle se réveilla, ses traits étaient encore marqués, ses yeux gonflés et meurtris.

Quelques jours plus tard, l'agent du commissariat de police du 10e arrondissement rappela Hélène. On avait les résultats de l'autopsie. Il téléphonait pour les lui communiquer.

A l'autre bout du fil, Hélène ferma les yeux et retint sa respiration. Elle s'agrippa au rebord de la table. Son cœur battait à tout rompre.

La police savait tout, elle en était certaine. C'était la fin. Plus possible de mentir. On avait retrouvé des traces sur le corps de l'homme. Des sécrétions, des empreintes. Les cheveux. On avait procédé à des recherches détaillées d'ADN. Il fallait qu'elle vienne, tout de suite, pour qu'on compare les traces avec ses empreintes génétiques à elle. C'était la fin, oui. La fin pour elle. La fin de sa vie.

Elle voyait les menottes, le panier à salade, la garde à vue. La tête des voisins, des badauds. Les bruissements, les chuchotements. Le regard vide d'Henri. Leurs enfants. Leurs petits-enfants. Mamine.

Mais le policier disait autre chose. Tout autre chose. Elle ouvrit les yeux. Elle se concentra. Le Serbe était décédé d'une crise cardiaque. Donc d'une mort naturelle. Il avait quarante et un ans et il était mort d'un coup, comme ça. C'était tout ce qu'on avait trouvé. Personne ne l'avait tué.

Hélène remercia poliment le commissaire et raccrocha.

Voilà. Elle s'en était sortie. Tout allait bien. Elle n'en revenait pas. C'était inouï. Elle avait une chance folle. Pourquoi ? Elle ne le savait pas. C'était ainsi. Une bonne étoile. Il fallait compter sur cette bonne étoile. Ne jamais cesser d'y penser. Elle devait son salut à cette bonne étoile, quelque part, là-haut, qui veillait sur elle, pour une raison inexplicable, mystérieuse, merveilleuse.

La vie paisible d'Hélène reprit. Les après-midi avec Mamine. Les permanences à la garderie, à la bibliothèque. Les enfants handicapés à qui elle rendait visite. Les écrivains à recevoir, à divertir. Rien n'avait changé. Elle en était à la fois heureuse et coupable. C'était comme si elle n'avait jamais mis les pieds passage du Désir.

Tout naturellement, elle s'était convaincue que cette histoire n'était qu'un mauvais rêve. Bien sûr qu'elle allait tout oublier. Cette histoire n'existait pas. Elle n'avait jamais existé. Elle avait banni l'homme de sa tête. Tous ses gestes, chaque trait de son visage s'était effacé. Il ne restait rien. Même pas de la culpabilité. Ou si peu.

Elle avait été tentée, à un moment, pendant quelques courts instants, de se confesser à la paroisse du quartier.

Impossible. Le curé aurait été choqué, elle s'en doutait. Jamais elle n'aurait osé soutenir son regard. Une autre paroisse, alors ? Là où personne ne la connaissait ? Non, elle n'en avait pas le courage. Elle ne voulait même pas prononcer les mots pour expliquer ce qui était arrivé, ce qu'elle avait fait. Prononcer, c'était avouer, exposer la vérité. Il fallait tout mettre derrière elle.

Le temps s'écoulait. L'été tirait vers sa fin. Henri était bronzé, détendu. Ils étaient allés rendre visite à Pablo, dans sa maison de Barcelone. Une semaine de rêve. Puis ils avaient passé le mois d'août sur la côte normande, où ils avaient une jolie villa, à Honfleur, et où les enfants et les petits-enfants venaient leur rendre visite.

Henri préparait sa rentrée littéraire avec plus de sérénité que l'année dernière. Hélène se laissa vivre, nagea tous les jours, cultiva son jardin. Elle était belle, le sécateur à la main, gantée, chapeautée, les hanches enserrées d'un paréo mauricien délavé par un long chapelet d'étés.

Il n'y avait que les amoureux sur la plage qui la gênaient. Les embrassades, les caresses la mettaient mal à l'aise. Tout lui rappelait l'homme du passage, et ce qu'elle avait fait avec lui.

Elle en ressentait parfois une excitation étrange, profonde, vite réprimée, mais qui laissait sa marque sur sa peau comme le contact fulgurant d'un métal brûlant.

Le premier trouble eut lieu à Paris. Hélène s'était fait couler un bain, comme chaque soir. Dans l'eau, elle avait ajouté une huile moussante qui adoucissait sa peau, et dont elle aimait le parfum. Une odeur de figue qu'elle trouvait raffinée. Henri était parti accompagner un auteur sur un plateau de télévision.

Hélène écoutait la *Marche funèbre* de Chopin, un morceau qu'elle appréciait pour sa simplicité et sa beauté.

La maison était calme. On n'entendait que l'eau qui coulait et les notes graves et lentes de Chopin.

Hélène se déshabilla, contempla son corps nu dans la glace. Pour son âge, elle se jugeait encore attirante. Une peau ferme, des seins hauts. Le bronzage de l'été – un joli hâle caramel – était encore là. Elle pivota sur elle-même pour voir ses fesses. Elle trouvait qu'avec l'âge son derrière s'aplatissait. Peut-être devrait-elle se mettre au sport, cette année.

C'est à ce moment-là qu'elle crut voir par-dessus son épaule le visage bleui de l'homme dans le reflet du miroir. Il la regardait avec un rictus qui dévoilait des dents pourries et noircies de cadavre.

Hélène cria, virevolta sur elle-même comme une toupie.

L'homme! Il était là, elle l'avait vu, juste derrière elle. Ce sourire horrible, comme s'il revenait la narguer.

Elle resta immobile, incapable de bouger, les mains plaquées sur ses seins. Elle haletait de peur. Pourtant, il n'y avait personne.

Petit à petit, elle avança le long du carrelage, ouvrit la porte de la salle de bains.

Elle ferma les yeux, poussa le battant. Personne. Elle était seule. Elle avait dû rêver. Mais pourtant elle avait vu cet homme, elle en était certaine. Là, derrière elle, dans la glace. Comment était-ce possible? Que lui arrivait-il?

L'eau du bain se mit à déborder de la baignoire en petites vagues moussantes et successives. L'eau lui lapait les pieds, et Hélène restait debout, transie.

Lorsqu'elle se rendit compte qu'elle avait oublié de fermer le robinet, elle poussa un nouveau cri. Seigneur! Elle perdait vraiment la tête. Elle devenait folle.

Hélène stoppa le flux et vida la baignoire. L'eau s'écoula avec un borborygme gourmand. Elle enfila une robe de chambre. Elle n'avait plus envie de prendre un bain, d'écouter Chopin. Sa peur la dévorait. Etait-ce sa conscience coupable qui l'obsédait? Qui la faisait voir ces apparitions?

Dans le salon, elle but trois portos coup sur coup. L'alcool lui brûla l'estomac, lui donna la nausée.

Furtivement, elle fit le tour de la maison. Elle était seule. Que lui arrivait-il? Elle n'allait pas se mettre à voir cet homme partout.

Lui revenait en mémoire ce roman... Ces deux amants qui tuent le mari en le poussant à l'eau... Qui le reconnaissent quelques semaines plus tard à la morgue, décomposé, monstrueux. Et le spectre du mari revient les hanter pour le reste de leur vie, s'immisçant dans leur lit, les glaçant de ses membres putréfiés. *Thérèse Raquin*, de Zola. Voilà, elle allait finir comme eux, folle. Folle à lier. Thérèse Raquin. Hélène Harbelin. C'était presque le même nom.

Lentement, elle s'affaissa sur une chaise, les poings appuyés sur ses tempes. Elle resta une heure ainsi, figée. Elle n'arrivait pas à effacer de sa mémoire le visage décomposé qui l'avait regardée dans la glace. Sans Henri, elle avait peur.

Comment allait-elle faire pour dormir ? Ne fallait-il pas mieux prendre un somnifère ? Quelque chose qui l'assommerait ? Elle en trouva dans la trousse de toilette d'Henri. Le médicament, mélangé à l'alcool, lui fit l'effet d'une barre sur la tête. Elle s'effondra d'un coup.

Lorsque Henri rentra vers minuit, Hélène ronflait, allongée en travers du lit. Il n'avait jamais entendu sa femme ronfler.

Il trouva cela plutôt amusant.

Le temps passa. Hélène oublia petit à petit l'homme dans la glace. Ou plutôt, elle décida de ne plus y penser. C'était facile, finalement. Il suffisait de fermer sa pensée, de la noircir comme on éteint une lampe. Dès que l'homme apparaissait dans sa tête, Hélène le noircissait. Il disparaissait.

La nuit, c'était moins commode. Parfois, l'homme surgissait dans ses rêves. Elle le voyait alors sous le lit, faisant glisser une main putride et moite dans les draps. Elle se réveillait en sursaut. Là aussi, elle trouva la solution. Elle doubla les somnifères. Elle dormait mieux, mais elle se réveillait souvent bouffie, le visage chiffonné.

Il fallait s'occuper, surtout. Rester très affairée. Ne pas avoir le temps de penser à l'homme. Sa fille, Alice, allait déménager. Elle travaillait sans relâche, il fallait lui donner un coup de main. Ça prenait beaucoup de temps, un déménagement. Des paperasses sans fin, des tringles, des nouveaux rideaux, une cuisine à aménager, les écoles à changer. Une foule de choses.

Hélène se jeta avec frénésie dans ce tourbillon. Alice disait : Elle est formidable, ma mère. Elle fait tout ! Comme d'habitude, mais en pire. Impossible de l'arrêter.

Du côté de la garderie, de la paroisse, de la bibliothèque, Hélène mit les bouchées doubles aussi. Nouvelles organisations des horaires, achat de matériel plus performant, puis choix de livres plus percutants, rien ne lui échappait.

Elle passa beaucoup plus de temps avec sa belle-mère. Celle-ci s'étonnait de ce dévouement accru. Hélène n'en eut cure. Elle redoubla d'attentions envers Mamine, lui apporta ses chocolats préférés, de l'eau de Cologne à la lavande, des photographies encadrées de ses arrière-petits-enfants. Pourtant, elle n'entendait pas un mot de ce que disait la vieille dame. Son regard était vague, son sourire éteint. Mamine s'irritait, poussait des grognements de nourrisson contrarié. Elle aurait préféré qu'Hélène apporte moins de cadeaux et qu'elle soit à son écoute.

A la maison, Hélène décida de faire davantage de dîners pour les auteurs d'Henri. Elle invita des journalistes, des amies, ses enfants, osa de joyeux mélanges qui ravissaient Henri, ébloui par ce panachage inattendu de genres et de styles. Hélène prenait tout cela au sérieux, étudiait minutieusement les menus, la décoration, les fleurs, les plans de table à l'allure de casse-tête chinois. Elle s'en préoccupait des soirées entières.

Henri trouvait secrètement qu'elle en faisait un peu trop.

Parfois, elle rêvait de l'homme dans la glace. La journée durant, elle gardait l'impression confuse et fugace d'un cauchemar. Malgré le somnifère, elle dormait souvent mal. Son visage était fripé, ses yeux cernés. Une impression de lourdeur persistait derrière ses sourcils. Elle se traînait pendant la matinée, hagarde, ébouriffée. La femme de ménage se disait que Madame avait passé une mauvaise nuit. Une de plus.

Un jour, Hélène devait déjeuner avec des amies. Si elle ne se dépêchait pas, elle serait en retard. Elle s'habilla avec difficulté. Ses gestes étaient lents, maladroits, comme ceux d'un petit enfant. Elle se sentait comme déconnectée d'elle-même.

Où étaient ses mocassins ? Elle se mit à genoux pour regarder sous le lit. Les mocassins étaient là. Elle tendit la main pour les attraper. C'est à ce moment

75

qu'elle entendit la sonnette retentir. Marie-Rose irait ouvrir.

Elle chaussa ses mocassins, jeta un dernier coup d'œil à la glace. Ciel, ces paupières bouffies. Tant pis, elle mettrait ses lunettes noires.

Elle se hâta, prit son sac, ses clefs.

Les pas de Marie-Rose dans l'escalier.

— Madame, il y a une jeune fille pour vous. Elle ne veut rien me dire, à moi. Elle n'a pas l'air de bien parler le français.

Hélène haussa les épaules.

— Mais je suis en retard! grommela Hélène.

Elle suivit Marie-Rose en soupirant.

Dans l'entrée, une jeune femme l'attendait. Vingt ans, tout au plus. Des cheveux gras, un visage peu soigné. Des dents mal alignées. Qui était-ce?

Hélène n'en avait aucune idée. Une jeune maman de la garderie, peut-être, ou de la paroisse?

— Que puis-je faire pour vous? demanda-t-elle avec un sourire un peu rétréci.

La jeune fille balbutia quelque chose qu'Hélène ne saisit pas. Dans sa main, elle tenait quelque chose. Une photographie.

— Elle veut vous montrer la photo, dit Marie-Rose.

Hélène tapa du pied, impatiente.

— Merci, j'avais compris. Allez donc vous occuper à la cuisine, Marie-Rose. Et plus vite que ça.

Marie-Rose trouva sa patronne anormalement agressive. Elle se rendit dans la cuisine, peinée.

Hélène ouvrit la porte d'entrée, sortit, et fit signe à la jeune femme de la suivre.

— Je suis en retard, voyez-vous ! Mais montrez-moi donc cette photo, si ça peut vous aider. C'est une photo de votre bébé ? Vous venez pour la garderie ? C'est ça ?

La jeune fille ne répondait pas.

Elle avait un regard en dessous qu'Hélène jugea inquiétant. Il fallait s'en débarrasser rapidement.

— Je ne suis pas souvent de permanence à la garderie, vous savez, juste une fois par semaine. Mais si vous voulez vous inscrire aujourd'hui, une de mes collègues s'y trouve en ce moment.

Elles étaient arrivées dans le vestibule.

C'était un petit hôtel particulier, bourgeois, calme, qui respirait la bienséance. Le hall embaumait l'encaustique, la propreté.

La jeune femme dévisageait toujours Hélène avec des petits yeux noirs, brillants et durs. Sa mâchoire était carrée, presque masculine. Hélène se sentit mal à l'aise, sans qu'elle pût expliquer pourquoi.

Sans un mot, la jeune fille fourra la photographie dans la main d'Hélène.

Puis elle s'en alla, à toute vitesse.

Il n'y avait pas beaucoup de lumière dans le hall. Hélène dut aller dehors pour voir de quoi il s'agissait.

Elle contempla l'image et son souffle s'arrêta.

C'etait lui.

L'homme du passage. Le Serbe.

Sur la photographie, il souriait. Derrière lui, on voyait une forêt, verte et épaisse, et un bout de ciel bleu.

Hélène chancela sur le trottoir.

Qui était cette jeune femme ? Pourquoi était-elle venue la retrouver, trois mois après la mort de l'homme ? Que voulait-elle ?

Hélène déchira la photographie fièvreusement, la jeta dans une poubelle sur l'avenue toute proche.

Elle ne se sentait pas bien.

Elle pensait pouvoir reprendre une vie normale. Elle pensait que tout serait comme avant. Mais non. Rien ne serait comme avant. Elle commençait à le comprendre.

Il y avait eu le déjeuner avec ses amies, où elle avait dû faire un effort surhumain pour parler, sourire, manger. Une épreuve atroce, puisqu'elle n'avait qu'une envie, éclater en sanglots à table, tandis que Solange et Armelle racontaient leurs vacances « divines » en Corse.

Puis, juste après, alors qu'elle se dirigeait vers sa voiture, un haut-le-cœur la paralysa. Elle resta figée en plein trottoir, la main sur les lèvres. Tout ce qu'elle avait mangé jaillit dans sa gorge en une épouvantable nausée. Elle n'allait tout de même pas rendre, là, au milieu de la rue, devant tous ces passants.

Difficilement, elle parvint à se faufiler au volant de sa voiture. Les mains agrippées au siège, le front posé sur le volant, elle laissa la nausée s'estomper.

Pendant toute la journée, elle se sentit malade. Une fois rentrée, elle se coucha. Elle devait avoir une crise de foie. Dans son lit, le sommeil ne vint pas. Elle n'avait qu'une peur, que la jeune femme revienne. Ce soir, ou demain. Qu'Henri la voie. Qu'Henri se doute.

Elle n'arrivait pas à comprendre ce que lui voulait cette fille. Qui était-elle ? Comment l'avait-elle retrouvée ? Par la police ? Pourquoi lui avoir donné la photographie du Serbe ? Pour lui faire peur ?

Mais comment pouvait-elle savoir, cette jeune femme ? Et que savait-elle ? Et si cette jeune femme revenait ? Et si elle tombait sur Henri ? Et si elle savait ? Et si elle savait tout ?

Car si elle était venue, c'est qu'elle savait forcément quelque chose. Si elle avait donné cette photographie à Hélène, c'est qu'elle était au courant.

Hélène tournait dans son lit, sentait le sang battre dans ses tempes. Ne fallait-il pas enfin parler à son mari, tout lui révéler de cette horrible histoire ? Oui, c'était ça, il fallait qu'elle lui dise tout. Elle n'avait plus le choix.

Mais Henri n'était pas là. Henri allait rentrer tard.

Et tout à coup, elle n'eut plus le courage. Ni d'attendre ni de lui dire. Elle reprit les somnifères et sombra.

Le lendemain, déjeuner prévu avec sa fille, Alice. En sortant de chez elle, Hélène regarda à droite et à gauche, pour voir si elle apercevait la jeune femme. Personne.

Elle courut jusqu'à sa voiture, la tête basse, les épaules rentrées, puis se laissa tomber sur le siège avant.

Elle continua à surveiller la rue. Pas de jeune fille. Tout semblait normal.

Elle respira plus calmement. Il fallait garder son sang-froid. Pas question de paniquer. Qui était cette fille ? Mais elle s'en fichait, après tout, oui, elle s'en fichait complètement. Elle lui avait donné une photographie, et alors ? Hélène souriait au rétroviseur. Elle démarra. Oui, et alors ? On n'allait tout de même pas perdre les pédales pour une photographie. D'un type qu'elle n'avait jamais vu de sa vie. Merde alors.

Elle ne l'avait jamais vu de sa vie. Sa ligne de conduite, c'était cela. Ne pas en démordre. Ce type lui avait dérobé son sac. Point. Elle n'avait jamais posé les yeux sur lui. Elle était incapable de le reconnaître. Voilà. Point.

Elle se gara devant l'immeuble de sa fille, coupa le contact, resta dans la voiture.

Elle aurait dû rendre la photographie à la jeune femme avec un haussement d'épaules blasé. La jeune femme avait dû voir la panique dans ses yeux. Pas bon, ça. Pas bon du tout. Et elle était partie si vite. Trop vite.

Elle allait revenir, c'était sûr. Il fallait s'y préparer. Préparation totale. Préparation efficace. Rester très calme. Se montrer intraitable. Ecoutez, mademoiselle, je ne connais pas ce monsieur. Je ne peux donc pas vous aider. Merci, mademoiselle, au revoir. Mademoiselle, ce n'est pas la peine d'insister, je vous assure. Vous perdez votre temps. Non, vraiment, je vous assure, je ne l'ai jamais vu de ma vie, ce monsieur. Allez-vous-en, s'il vous plaît. Lâchez-moi. Maintenant, vous allez me laisser tranquille, n'est-ce pas, mademoiselle, vous allez me laisser tranquille, et rapidement, s'il vous plaît, tout de suite, sinon je vais, sinon, vous allez, sinon ça va très mal se finir.

On frappa à la vitre.

Elle sursauta, les mâchoires serrées, le regard épouvanté.

C'était Alice, sa fille.

— Maman, tu en fais une tête! Que t'arrive-t-il?

Hélène plaqua sa mèche folle derrière son oreille.

Sourire figé.

— Mais tout va bien, ma chérie. Si, si, je t'assure.

Pas de jeune fille de toute la semaine. Hélène se sentit soulagée. Reviendrait-elle ? Elle préférait ne pas y penser. Elle y penserait un autre jour, ou demain, ou la semaine prochaine, comme Scarlett O'Hara.

Un matin, elle se regarda longtemps dans la glace. Un visage ovale, harmonieux, une peau souple, à peine plissée par l'âge. Des yeux noisette, tachetés d'or, que personne ne remarquait jamais.

Hélène Harbelin. Cette brave Hélène. « Sainte Hélène ». Si serviable. Si distinguée. Hélène, as-tu été chercher mon blazer chez le teinturier ? Oui, chéri. Maman, peux-tu venir garder Gaspard ? Oui, chérie. Maman, tu me prêtes ta voiture ce week-end ? Oui, chéri. Hélène, ne vous mettez pas là, je ne vois plus la télé. Oui, Mamine, pardon. Bonjour, je suis la femme d'Henri. Je suis Mme Henri

Harbelin et je suis de permanence à la garderie les mardis et à la bibliothèque les vendredis.

Cinquante ans et une vie passée à se dévouer aux autres. Sa mère avait fait pareil. Sa grand-mère aussi. Exactement pareil. Le mari, les enfants, la maison, les repas. Pourquoi Hélène trouvait-elle tout cela si rébarbatif aujourd'hui ? Pourquoi avait-elle tant envie d'autre chose ? De légèreté, de rire, de spontanéité. Tout ce qu'elle avait si peu connu. Tout ce qui l'avait effleurée de loin, sans jamais la toucher, sans jamais la marquer.

Sur son visage, elle passa une crème de soin. Impeccable Hélène. Tirée à quatre épingles. Un parfum discret. Les ongles faits, mais un vernis incolore. Des tailleurs stricts, de bon ton. Des chaussures fines, mais raisonnables. Un parapluie pliant dans son sac.

Elle soupira. Parfois, de façon fugace, elle se revoyait, jeune. Très brune, le sourire éclatant. Quelques taches de rousseur sur l'aile du nez. Elle avait été attirante, jeune. Fraîche.

Mais ce n'était pas sa jeunesse qui lui manquait ce matin, alors qu'elle se maquillait devant son miroir, non, c'était une certaine forme d'insouciance dont elle n'avait pas assez tiré profit. Une joie de vivre. Une gaieté frivole.

A présent, tout lui pesait. L'idée de passer l'après-midi avec Mamine. Ciel, quel ennui. Ce monstre de vieille dame ridée comme une prune desséchée et qui n'en faisait qu'à sa tête. Hélène se reprit. Non, elle ne devait pas penser cela de la mère de son mari. Ce n'était pas bien.

En appliquant son rouge à lèvres (un coloris neutre, à peine irisé), elle ne put s'empêcher de sourire. Oui, c'est vrai, Mamine ressemblait à un vieux singe. Avec une haleine effroyable. Quand on parlait à Mamine, il fallait prendre sa respiration lorsque la vieille dame cessait d'articuler, afin de ne pas être asphyxié. Tout un art.

Hélène riait franchement maintenant, se cachait la bouche avec la paume de sa main. Elle n'avait pas ri ainsi depuis longtemps. Depuis quand ?

Elle ne se souvenait plus.

Elle s'était mise à voir la jeune fille partout. Elle ne pouvait pas s'en empêcher. La voilà, dans la foule du samedi matin au marché, tirant un Caddie ; la voilà encore, qui venait chercher un enfant à la garderie. La même silhouette un peu trapue, les cheveux noirs gainés d'une graisse malsaine, le regard fixe et brillant.

Hélène se rabrouait, se trouvait ridicule. Bien sûr que ce n'était pas elle. C'était son imagination. Voilà tout. Il fallait qu'elle arrête. Qu'elle se calme. Elle devenait nerveuse, faisait tout tomber, perdait son calme légendaire.

Lorsque la jeune fille revint pour de vrai, en chair et en os, sonner un soir à la porte des Harbelin, Hélène s'y attendait. Elle s'y était préparée, dans un mélange de terreur et de bravoure.

Elle ne lui dit qu'une chose :

— Que voulez-vous ?

La fille, debout sur le palier, trempée par une pluie automnale, ne parlait pas, comme la dernière fois.

Elle se contentait de dévisager Hélène.

Finalement, par peur que les voisins ne voient la scène, Hélène dit d'une voix qui se voulait autoritaire mais qui tremblait un peu :

— Entrez. Entrez et expliquez-vous.

Marie-Rose était partie pour la journée. Henri allait bientôt arriver, vers vingt heures. Hélène était seule. Il fallait faire vite, maintenant. Savoir ce que voulait cette jeune femme. Ne pas fuir, ne pas reculer. Savoir.

D'un pas ferme, ses petits talons bobine claquant sur le parquet verni, elle l'emmena dans la cuisine, elle ne voulait pas que la jeune femme aperçoive le salon, la salle à manger, les tableaux, l'argenterie, la porcelaine.

Elle fit signe à la fille de s'asseoir, et elle-même resta debout, les bras croisés, s'efforçant de paraître calme, parfaitement calme. Je n'ai rien à me reprocher, se disait-elle, rien du tout, je n'ai jamais vu cet homme, je ne sais pas de quoi elle parle, je ne vais pas me laisser faire.

— Je sais que c'est toi.

L'étrangère avait un accent lourd, rocailleux, qui venait de sa gorge.

Hélène se figea. Je sais que c'est toi. C'était à hurler, à se taper la tête par terre. Mais comment savait-elle, justement? Comment pouvait-elle dire cela, avec une telle outrecuidance? Etait-elle dans l'appartement du Serbe, avait-elle tout vu? Impossible. Elle racontait n'importe quoi. Elle mentait.

— Je ne sais pas de quoi vous parlez, mademoiselle.

L'étrangère se leva, s'approcha d'Hélène. Elle avait une haleine chargée et cette odeur rance, palpable, des corps mal lavés, des vêtements humides. Hélène voyait qu'elle cherchait ses mots, qu'elle ne savait pas comment enchaîner. Alors elle embraya.

— Qui êtes-vous? Comment vous appelez-vous? demanda-t-elle.

L'étrangère répondit d'une traite.

— Marija Petrovic. Je suis sa fille.

Sa fille. Sa fille! Voilà qu'elle recommençait. Elle parlait comme si elle savait tout. Comme si elle savait qu'Hélène savait. Comme si, en disant tout simplement « sa fille », elle savait pertinemment qu'Hélène comprendrait qui était son père. C'était affreux. Affreux et insupportable.

— La fille de qui, mademoiselle?

L'étrangère eut un mauvais sourire. Elle poussa légèrement Hélène du bout du coude. Hélène recula vivement.

— Tu arrêtes de faire semblant, madame. Ça suffit, faire semblant. Maintenant il faut expliquer.

Ses yeux étaient menaçants, noirs. Elle était si près qu'Hélène voyait les traces d'acné sur ses joues encore rondes d'une adolescence pas si lointaine, le fin duvet qui ombrait sa lèvre supérieure.

Hélène recula encore, sentit contre son flanc le coin pointu de la cuisinière.

— Ecoutez, mademoiselle, ça suffit maintenant. Je ne sais pas de quoi vous parlez. Vous allez tout m'expliquer calmement. D'accord?

La fille s'assit de nouveau, avec des gestes lents et presque insolents, croisa les jambes, sortit un paquet de cigarettes brunes. Elle en alluma une sans demander la permission. Mon Dieu, gémit Hélène intérieurement, comment la faire sortir d'ici, et Henri qui ne va pas tarder à rentrer. Et si Henri la voit, cette fille? Comment lui expliquer? Qu'est-ce que je vais lui dire?

— Tu étais avec mon père. Le jour de sa mort.

Hélène soupira, secoua la tête.

— Je ne sais pas qui est votre père, mademoiselle.

Sourire narquois de la fille.

— La photo. Tu te souviens ? Lui, mon père.

Hélène prit une profonde respiration.

— Je ne le connais pas. Je ne l'ai jamais vu de ma vie. Je ne comprends pas pourquoi vous venez ici me parler d'un homme que je n'ai jamais vu. Maintenant, vous allez éteindre cette cigarette, et vous allez sortir d'ici. Vous allez me laisser tranquille. Compris ?

Elle ne s'était pas rendu compte qu'elle avait hurlé le dernier mot. *Compris ?*

La fille était subitement tout près d'elle, les yeux noirs à quelques centimètres des siens. Elle parlait d'une voix très basse, son souffle chatouillait l'oreille d'Hélène.

— OK, je vais partir, d'accord, madame. Mais je vais revenir te voir. Je sais que tu étais avec mon père le jour de sa mort. Je sais que toi mentir. Comment je t'ai trouvée, madame ? J'ai lu dossier chez flics. J'ai vu ton nom, ton adresse, ton histoire de sac. Mon père, lui pas voler ton sac, madame. N'importe quoi. Lui pas voleur, mon père, madame. Non, mon père il t'a baisée. Il faisait ça, mon père, aux femmes. Il les baisait. Il les baisait bien. C'était grand baiseur, mon père, et toi tu le sais. Tu dois expliquer, madame, le jour de sa mort. Je vais revenir pour ça. Pour explication.

D'une pichenette adroite, la cigarette encore allumée aboutit dans l'évier humide et s'éteignit avec un sifflement.

La porte claqua et Hélène se retrouva seule dans la cuisine. Elle tremblait des pieds à la tête.

Quelques minutes plus tard, elle entendit la clef d'Henri. Vite, se donner une contenance, avoir l'air normal, avoir l'air de tous les jours. Elle ouvrit le Frigidaire, sortit un poulet, une salade.

Henri fit son apparition.

— Bonsoir, chérie.

Puis il retroussa le nez.

— C'est quoi cette odeur de tabac froid ?

Hélène préparait le poulet avec des gestes automatiques, presque saccadés.

— C'est Marie-Rose.

Henri observa le mégot dans l'évier.

— Marie-Rose fume des gauloises?

— Tout à fait, articula Hélène calmement.

Elle n'avait qu'une envie, balancer le poulet par la fenêtre, et hurler, hurler à tue-tête qu'elle n'en pouvait plus, que la fille allait revenir, qu'elle ne savait pas quoi faire, que c'était épouvantable, qu'elle était foutue, complètement foutue.

Mais elle se concentra sur son poulet, sur sa salade. Les deux furent parfaitement réussis. Henri ne remarqua rien de son agitation intérieure.

Hélène ne dormit pas de la nuit.

Hélène avait peur. La fille avec son regard noir, ses manières brusques, son odeur rance, l'impressionnait. Elle n'avait pas envie de se retrouver seule avec elle. Qu'allait-elle bien pouvoir lui dire pour qu'elle ne revienne plus l'importuner ? Elle ne savait pas.

Hélène se demanda, pour la première fois, si elle ne devait pas se confier à un proche, raconter l'histoire, se libérer de ce poids. Mais qui ? A qui pourrait-elle tout dire ? Cela paraissait impossible. Puis elle songea à sa fille, Alice, pieds sur terre, efficace, redoutable dans son travail. Alice était productrice à la télévision. Elle avait remarquablement réussi. C'était une créature moderne et butée, qui régnait sur son petit monde.

Alice, il y a une jeune fille qui me veut du mal. C'est un peu compliqué de t'expliquer pourquoi. Je veux bien essayer mais c'est terriblement gênant. Je voudrais que tu puisses dire à cette jeune personne de me laisser tranquille car moi je n'y arrive pas. J'ai peur d'elle. Je vois bien que tu trouves tout ça ridicule, et c'est sûrement ridicule, en effet, mais j'ai besoin de ton aide, car toute seule, je suis impuissante. Elle est brutale et têtue, et elle va revenir encore et encore. J'ai peur.

La tête d'Alice. Le rire d'Alice. Un gloussement fou. Mais enfin, maman, qu'est-ce qui t'arrive ? Qu'est-ce que c'est que cette histoire ? Une jeune fille te veut du mal ? Mais qui ? Et pourquoi ? Et qu'est-ce qu'il y a de si gênant dans tout ça ?

Non, pas Alice. Ne rien dire à Alice. Ce n'était pas une bonne idée. Et Julien ? Non, pas Julien non plus. Il était plus doux que sa sœur, plus souple, mais moqueur, aussi. C'était lui qui la traitait de « sainte Hélène ». Il le faisait gentiment, mais depuis peu, elle ne supportait plus qu'il le dise.

Et ses amies ? Armelle, Solange, Françoise ? L'une d'elles pourrait l'aider, lui donner des conseils. Mais elle n'avait pas envie de raconter des choses aussi intimes, finalement. De se livrer.

D'exposer ses faiblesses, ses angoisses. De révéler que derrière son image lisse, contrôlée, c'était la panique. Il fallait bien qu'elle se débrouille toute seule.

Elle avait peur, si peur. Peur de quoi, au fond ? Peur de la fille, oui. Puis, peur que tout cela se sache, bien sûr. Que tout le monde sache pour l'homme. Mon père, il t'a baisée. Il faisait ça, mon père, aux femmes. Il les baisait. Il les baisait bien. Hélène pensait à ces mots, et frémissait. Frémissait de honte et d'un plaisir sourd, inavoué. Il les baisait bien. Quand elle pensait à lui maintenant, elle pensait à lui mort, les yeux révulsés. Elle ne le voyait plus comme un homme vivant, mais comme un cadavre étendu sur un lit.

Elle s'était mise à observer autour d'elle les personnes comme sa fille, sa belle-mère, qui ne semblaient effrayées par rien. C'était plutôt elles qui effrayaient les autres. Comment faisaient-elles ? Quel était leur secret ? Quelque chose dans le regard, peut-être. Une dureté dans la voix. De l'autorité. De la froideur. Voilà ce qu'il fallait faire, être froide avec la fille. Glaciale. Voire hautaine.

Hélène froide ? Mais c'est la gentillesse même. C'est un amour, cette femme.

Trop gentille, parfois. Hélène, tu devrais être moins gentille avec les autres. Maman, tu te fais trop souvent avoir. Tu ne sais pas dire non, ma pauvre Hélène. Gentille. Quel horrible mot. Fade. Douce. Agréable. Hélène est une femme douce. Agréable. On ne disait jamais d'Hélène : quel caractère ! Quel personnage ! Quelle femme ! Non. On disait, quelle gentille personne. Quelle bonne créature, cette Hélène Harbelin. Quelle brave dame.

Hélène soupira. Elle essayait de temps en temps de mouler son visage dans un masque ferme, froid. Grotesque. Elle faisait crispée, nerveuse.

Mais que faire, alors ? Qu'allait-elle devenir ?

En attendant que la fille revienne, elle pleurait souvent, seule dans sa chambre, face à la fenêtre, les poings serrés d'angoisse, les joues ruisselantes.

Elle faisait de plus en plus souvent des rêves érotiques violents qui la réveillaient au milieu de la nuit. Le rêve prenait racine en elle et la secouait des pieds à la tête comme un arbre sous l'effet d'une tornade. C'était le choc de la jouissance qui la tirait brutalement du sommeil, pour qu'elle se retrouve échouée sur le matelas, arc-boutée, aux côtés d'Henri qui, lui, dormait profondément.

L'orgasme arrivait du fond de la nuit, elle sentait sa puissance s'imprimer en elle et sur ses paupières closes comme des ronds concentriques rose et noir à l'allure d'une étrange fleur vénéneuse. Plus le plaisir s'approchait, plus les ronds virevoltaient follement, incontrôlables, et elle ne pouvait faire autrement que de se laisser happer par leur avancée et de succomber.

Elle se demandait ce que l'homme avait dû attiser en elle pour qu'elle éprouve une telle tempête intérieure, une sensation de tourmente physique qui lui était inconnue et qu'Henri ne lui avait jamais procurée. De quoi rêvait-elle exactement ? Elle avait du mal à s'en souvenir, c'était toujours flou, imprécis, mais engendrait à la longue ce plaisir aigu qui la dévastait, qui raclait son bas-ventre d'une griffure presque palpable.

Parfois, pour ne pas réveiller Henri, elle devait se mordre la main, ou l'oreiller, tout en tordant son corps silencieusement, dans tous les sens, comme un poisson hissé hors de l'eau, frénétique, acharné, afin d'anticiper du mieux qu'elle le pouvait l'onde de choc qui la balayait.

Une fois la houle passée, elle tentait de reprendre ses esprits, le regard vers le plafond, chamboulée, et elle pensait à l'homme, à ses gestes envers elle, à la façon dont il avait pris possession de son corps, au puits sans fond qu'il semblait avoir creusé en elle.

Un matin, sur le périphérique. Elle devait se rendre à un centre de loisirs en banlieue pour y rencontrer une animatrice qui effectuerait un remplacement à la garderie pour cause de congé maternité. Sa petite Peugeot roulait à vive allure. Hélène avait toujours aimé la vitesse.

Machinalement, elle regarda dans le rétroviseur. Une voiture sombre la suivait de près. Hélène n'appréciait pas qu'on la colle. Elle accéléra. La voiture sombre fit de même.

Agacée, Hélène se rabattit sur la file de droite. Elle jeta un coup d'œil à sa gauche, pour voir le conducteur de la voiture.

Elle aperçut en un éclair fugace un profil sec, acéré comme une lame, des lunettes noires, une bouche mince et tordue. Impossible de déterminer s'il s'agissait d'un homme ou d'une femme.

Ce profil inquiétant fit surgir chez Hélène une vague de panique. Et lorsque la voiture sombre se rangea de nouveau derrière elle sur la file de droite, Hélène se sentit défaillir. Dans son rétroviseur, elle regardait avec une angoisse grandissante ce visage alarmant s'approcher ou s'éloigner en rythme avec la circulation. Pourquoi ce visage lui faisait-il si peur ? Etait-ce la blancheur de la face, qui ressemblait à un masque, ou ces lèvres grimaçantes qui esquissaient un rictus moqueur ?

Ses doigts moites, fébriles, glissaient sur le volant. Elle ne supportait plus la sensation de cette créature derrière son dos. Impossible de détacher son regard du petit miroir rectangulaire. Elle était comme hypnotisée par cette tête de mort ricanante, par ces yeux qu'elle devinait à travers des verres fumés. Mais de qui s'agissait-il ? Que lui voulait cette personne ? Pourquoi ce conducteur restait-il arrimé au pare-chocs de sa Peugeot ?

Et soudain, avec un gémissement inarticulé, elle pensa au pire, elle laissa sa pensée formuler le pire. Derrière elle, c'était l'homme, c'était lui. Comme lorsqu'elle l'avait vu dans le miroir, par-dessus son épaule. Mais oui, c'était lui, le Serbe. Comment était-ce possible ? Elle ne le savait pas, et cela n'avait aucune importance, puisque le pire, c'était sa présence à lui, là, dans cette voiture, derrière elle, cette voiture menaçante qui n'avait cessé de jouer à touche-touche avec la sienne, qui remontait sans cesse vers elle, comme dans un sinistre ballet, une ronde malveillante qui allait lui faire perdre ses esprits.

Se garer sur la bande d'arrêt d'urgence, saisir le portable, téléphoner à la police. Monsieur, il y a un homme qui me suit. Il me veut du mal, j'en suis certaine. Monsieur, je suis terrifiée. Mais Hélène accéléra, accéléra encore, se faufila à gauche, remonta le long du flot des voitures comme un saumon remonte la rivière, le pied lourd sur l'accélérateur, le regard lourd dans le rétroviseur, les mains lourdes et gauches sur le volant.

Plus vite, plus vite encore. Fuir ce visage monstrueux, avancer, déguerpir. Elle ne regardait plus dans le rétroviseur, elle redoutait de constater que la voiture sombre n'avait cessé de la suivre, qu'elle était toujours là, et l'horrible visage aussi. Elle songea que jamais elle n'avait roulé aussi vite sur le périphérique. Le moteur de la Peugeot rugissait, beuglait pour qu'elle passe la cinquième, mais Hélène n'écoutait pas, se concentrait sur sa fuite, sa course folle autour de Paris.

Enivrée par la vitesse, elle laissa la voiture zigzaguer, sans aucun égard pour les autres automobilistes qui la fixaient, effarés, consternés, dans une cacophonie stridente de klaxons. La glissière de sécurité happa son véhicule, puis avec un mouvement presque gracieux, la Peugeot se coucha sur son flanc droit, cheminant en avant, accompagnée d'un vacarme de tôle froissée pour finir sur le toit, immobilisée en pleine chaussée. Pas un instant Hélène ne perdit conscience, elle fut même étonnée de suivre aussi précisément et sans effroi la progression étrange de cette voiture couchée à même l'asphalte comme un animal blessé.

Il y eut soudainement un grand silence. La tête en bas, elle se demanda si elle n'était pas morte.

Puis elle capta des voix. Des bruits de pas. On s'approchait... L'homme...

Il allait apparaître, là, par cette fenêtre tourneboulée. Il allait se montrer, là, tout près.

Alors elle ferma les yeux, pour ne pas le voir.

Elle écoutait la voix d'Henri. Il parlait avec Alice au téléphone.

— Ta mère a eu un accident ce matin. On lui a mis une minerve, elle doit rester cette nuit à l'hôpital. Non, je ne peux pas te la passer, elle dort. Elle se repose. Ne t'inquiète pas, heureusement ce n'est pas bien grave, Dieu merci, mais la voiture est bonne pour la casse.

Puis, en chuchotant, il lui raconta ce qu'il savait, ce que lui avaient dit les pompiers. Hélène avait perdu le contrôle de sa voiture, pour une raison indéterminée. Taux d'alcoolémie inexistant. Parfaite santé. Un pépin. Juste un pépin.

Hélène, en entendant ce mot, ne put s'empêcher de sourire avec une certaine amertume. Un « pépin ». Sa vie était truffée de pépins, depuis le Serbe. Tout à l'heure, elle avait pourtant essayé d'expliquer à Henri que quelqu'un d'inquiétant la suivait sur le périphérique. Elle avait paniqué au volant. Voilà tout. Mais il aurait fallu alors parler du Serbe. Du passage du Désir. De la fille. Elle ne pouvait pas. Elle ne pouvait rien lui dire.

La minerve lui serrait le cou. Insupportable. Pourquoi lui avait-on mis cette chose ? Pourquoi ne pouvait-elle pas sortir d'ici ? Elle allait très bien. Elle voulait rentrer chez elle, il y avait tant à faire. Et puis, il fallait absolument s'occuper de la fille. Et si la fille débarquait ce soir pendant qu'Henri était seul ? Cette pensée la tétanisa.

Elle fit des pieds et des mains pour qu'Henri reste à l'hôpital avec elle cette nuit. Elle refusait de rester ici seule sans lui. On pouvait lui dresser un lit dans sa chambre. Henri tenta de la rassurer, de lui faire comprendre qu'on allait s'occuper d'elle, qu'elle serait mieux sans mari.

Alors Hélène se laissa aller à une chose qu'elle n'avait jamais faite de sa vie et qu'elle réussit formidablement, à tel point qu'elle en fut elle-même étonnée.

Elle mima à la perfection une crise de nerfs.

Râles, larmes, respiration saccadée, cris perçants. Comment pouvait-il la laisser

toute seule alors qu'elle avait fait des ton-
neaux, qu'elle avait failli mourir ? Il était
un monstre d'égoïsme, un type qui ne
pensait qu'à lui. Sanglots, trépignements,
spasmes.

Affolé, Henri appela l'infirmière. On
administra des calmants à Hélène.

Henri, vaincu, dormit – ou tenta de dormir – sur un lit pliant cabossé qui cha-
touilla sa sciatique la nuit entière.

Malgré la minerve, Hélène trouva le
sommeil facilement. Sa première pensée
en se réveillant fut que si la fille s'était
pointée pendant la nuit elle aurait trouvé
porte close.

Bien fait.

La fille se manifesta par téléphone, quelques jours plus tard.

— C'est moi, madame.

Hélène avait immédiatement reconnu la voix éraillée, l'accent.

Mais elle dit tout de même :

— Qui, « moi » ?

Un petit rire sec.

— Tu sais qui, madame.

Ce n'était plus la peine de faire semblant.

— Que voulez-vous, enfin ?

Hélène entendit le claquement sec d'un briquet à l'autre bout du fil. Puis une inhalation, presque un sifflement.

— Tu dois expliquer, tu te souviens ? Pour mon père.

— Je n'ai rien à vous expliquer.

— Alors je viens chez toi, madame. Peut-être ton mari sera là ? Peut-être que lui il sait, ton mari, pour mon père ?

Le cœur d'Hélène cogna plus fort.

— Non, pas chez moi.

Elle réfléchit. Un quartier lointain. Un endroit où personne ne la connaissait. Où personne ne la verrait avec cette fille.

— Si vous voulez, on peut se retrouver sur la butte Montmartre. Place du Tertre.

— Connais pas, marmonna la fille.

— Le Sacré-Cœur, vous connaissez?

— Oui, oui, je connais. Mais tu vas venir, hein, madame? Sinon je viens te chercher, chez toi.

— Je vais venir.

— Dans combien de temps, alors?

Hélène regarda sa montre.

— A midi, dit-elle. Je serai devant le Sacré-Cœur à midi.

La fille raccrocha sans un mot.

La fille n'était pas seule. Il y avait un adolescent avec elle, un grand garçon maigre, au teint pâle.

— Mon frère, marmonna la fille. Lui aussi, il veut écouter explications de madame.

Hélène sentit sa gorge se contracter. Qu'est-ce qu'elle allait raconter à ces jeunes ? Elle n'avait pas tué leur père, tout de même. Il n'y avait plus rien à faire, pour leur père. Il était mort d'un coup, l'autopsie l'avait dit, noir sur blanc. Ce n'était pas sa faute. Pourquoi devait-elle porter le chapeau ? Pourquoi ne s'étaient-ils pas contentés du rapport de la police ?

Soudainement, en les regardant tous les deux, elle, l'aînée, la gauloise aux lèvres, lui, encore chétif, elle ne put s'empêcher de songer à eux en tant qu'enfants, en tant que deux enfants

110

ayant perdu leur père. Peut-être que Julien et Alice auraient fait la même démarche si Henri était décédé dans des circonstances semblables. Ils auraient voulu savoir. Ils auraient tout fait pour savoir.

— Où est votre maman? demanda-t-elle doucement.

Il y avait beaucoup de monde autour d'eux. Des touristes, des hordes de Japonais, d'Allemands, d'Américains bardés d'appareils, de caméras. Beaucoup de bruit, d'agitation.

— Elle morte, dit enfin la fille, le visage fermé. Pendant la guerre, chez nous en Serbie. Mais on n'est pas là pour ça. Tu dois parler, toi, madame. Tu dois dire.

Hélène contempla la vaste étendue de toits, gris et bleutés sous le soleil automnal. Elle ne venait jamais ici. C'était beau. C'était quand, la dernière fois? Elle avait dû emmener les enfants, quand ils étaient petits. Ils avaient dû acheter des glaces pour les déguster sur les marches, juste là, en admirant la vue. Elle les voyait encore. Huit et six ans. Alice, une peste, déjà, Julien, plus doux, mais espiègle.

— Alors? dit la fille, la cigarette coincée entre ses dents. Tu vas parler, madame?

Hélène nota les vêtements sales, râpés, du garçon. Ses pauvres chaussures délabrées. De quoi vivaient ces deux jeunes? Où? Passage du Désir, dans le petit appartement étouffant? Qui les nourrissait? Qui s'occupait d'eux? Sa culpabilité s'accentua. Si leur père n'avait pas fait l'amour avec elle ce jour-là, il serait encore en vie, certainement. N'avait-elle pas fait de ces deux enfants des orphelins?

— Il s'est passé quoi, avec mon père? Pourquoi toi le laisser mourir?

La fille parlait fort. Sa voix portait. Hélène prit peur. Les gens allaient l'entendre. Ils allaient se demander de quoi elle parlait, cette fille. Ils allaient tendre l'oreille, se poser des questions. Elle sentit la panique l'envahir.

— Allons autre part, murmura-t-elle. Tous ces gens...

La fille lui empoigna le coude avec sa brutalité coutumière.

— Non, on va rester là et tu vas parler. Tu vas parler!

Hélène tenta de se dégager, en vain. Elle n'avait pas envie d'une scène,

112

d'attirer davantage l'attention des passants sur eux.

Tout à coup, elle croisa le regard du jeune garçon, un regard totalement triste, morne. Le regard d'un être qui n'avait plus rien à attendre de la vie. Le regard de quelqu'un qui n'avait plus d'espoir. Contre tout attente, ce regard la déstabilisa, ouvrit une vanne en elle. Elle se souvint d'une fillette de sa classe de septième, Daria, une pauvre créature décharnée, triste, au teint jaune, qui était le souffre-douleur de ses camarades. Hélène s'était laissée aller à se moquer de Daria avec les autres, à couper les lanières de son cartable rapiécé avec des ciseaux, à frotter des morceaux de craie sur les épaules de son duffle-coat élimé. Elle se rappela des cris dans la cour : « Daria diarrhée ! » Elle se souvint du proviseur qui avait puni la classe entière avec une grande sévérité, et du départ de Daria, entourée par des parents vieux déjà, courbés, écrasés par la méchanceté des élèves. Et puis la lettre du proviseur à tous les parents : « Daria est atteinte d'un cancer. Elle n'a que quelques années à vivre. Le comportement de la classe a été inadmissible. » L'étonnement peiné de sa mère. Les réprimandes de son père. Le souvenir de la fillette seule à la récréation, ses grands yeux tristes, son teint plombé, sa maigreur. La honte. La culpabilité qui ressurgissait après tant d'années.

— Lâchez-moi, supplia-t-elle. S'il vous plaît, enlevez votre main.

La fille obtempéra. Hélène ouvrit son sac, saisit son portefeuille. Les deux l'observaient sans parler, rivés à ses doigts. Deux cents euros.

Elle tendit en tremblant les billets à la fille, sans lever les yeux sur elle.

— Voilà, ça va vous aider, murmura-t-elle.

La fille fourra rapidement les billets dans sa poche. Hélène attendit des remerciements, qui ne vinrent pas.

— C'était bien toi alors, reprit la fille. La personne qui est partie. C'était toi, madame.

Hélène serra les lèvres. Elle ne parlerait pas. Elle ne dirait rien.

— Tu as eu peur, madame ? Tu es partie parce que tu as eu peur, c'est ça ?

Elle avait envie de crier oui, oui, oui, à pleins poumons, pour que toute la place du Tertre l'entende, tout Montmartre, tout Paris. Se libérer de ce fardeau si lourd à porter, dire la vérité, rien que la vérité, comme lorsqu'elle était petite, devant le regard réprobateur de son père, celui plus distant, plus mesuré, du curé qui la confessait, pour sentir ensuite cette sensation de blancheur, de pureté, de noblesse d'âme, de légèreté, de paix.

Avouer, tout avouer.

Un tout petit oui. Un souffle de oui. Elle le sentit à peine.

La fille se pencha. Ses cheveux effleurèrent le front d'Hélène.

— Tu vas nous aider, madame. Mon frère et moi rien à manger, tu sais. Nous sans papiers. J'ai bébé dans ventre, madame, regarde.

Elle écarta son manteau et Hélène, effarée, aperçut un abdomen rebondi.

— Tu vas continuer à nous donner argent, madame, parce qu'on n'a plus rien, maintenant, et tu as laissé notre père mourir...

Seigneur, qu'avait-elle fait? Elle avait avoué, dans un moment de faiblesse. Elle leur avait donné de l'argent. Mais pourquoi s'était-elle laissée aller? Qu'est-ce qui lui avait pris? La pompe était amorcée. C'était le début de la fin.

La fille s'éloignait, accompagnée de son frère. Ils marchaient lentement, sans se retourner. Ils n'avaient pas besoin de se retourner.

Hélène les suivait des yeux, hébétée. Elle savait qu'ils reviendraient vite. Trop vite.

La semaine suivante, on sonna chez les Harbelin, en plein milieu d'un dîner d'« auteurs ».

Hélène était allée ouvrir, souriante, bijoutée, de soie vêtue, persuadée qu'il s'agissait d'un notoire retardataire, un jeune romancier à succès, tout récent Prix Médicis et fierté personnelle de son mari Henri.

Mais ce n'était pas Louis Jolly.

C'était le frère, l'adolescent, adossé négligemment au chambranle de la porte. Il se curait les ongles et dévisageait Hélène en silence.

Elle sentit son estomac tomber en chute libre vers ses mules pointues.

— Que fais-tu ici ? articula-t-elle enfin, en tirant le lourd battant de la porte d'entrée vers elle pour que personne ne puisse les voir.

Pour toute réponse il lui tendit une paume calleuse et grisâtre, immense pour quelqu'un de si jeune.

Du fric. Il était venu pour ça. Sa sœur était malade. Ils avaient besoin de fric. Tout de suite. Sa sœur ne pouvait pas se lever. Elle avait mal au ventre. C'était mauvais pour le bébé. Alors il faudrait de l'argent. De l'argent, maintenant.

— Et le père du bébé? hasarda Hélène à voix basse. Il ne peut pas vous aider, ta sœur et toi?

Le garçon haussa les épaules.

— Nous pas savoir qui est le père, madame.

A travers le brouhaha joyeux des invités, Hélène capta des pas qui, en faisant grincer le parquet, se dirigeaient droit vers eux.

Ce devait être Henri qui se demandait qui avait sonné, et ce que faisait sa femme.

— Tu dois partir! siffla-t-elle, en faisant mine de fermer la porte. Reviens demain. File!

Mais le garçon coinça son pied dans l'embrasure de la porte. Il parvint à faire entrer sa main dans l'ouverture, juste sous le nez d'Hélène. Les pas se rapprochaient toujours.

Dans un mouvement d'affolement, elle détacha fébrilement les lourdes perles noires à ses oreilles – des somptuosités rapportées de Tahiti par sa fille pour ses cinquante ans –, et les tendit au garçon.

Les doigts rapaces se refermèrent dessus.

Elle claqua la porte au moment où son mari apparut.

— Qui était-ce alors ?

Hélène se retourna, avec un sourire lisse.

— Eh bien, ce n'était pas ton Médicis. Juste la voisine d'en face qui me demandait quelque chose.

En retournant vers leurs invités, elle le précéda dans le couloir, une main plaquée contre son cœur qui battait la chamade.

Ses lobes sans le poids des perles lui semblaient étrangement nus.

Depuis l'accident sur le périphérique, elle s'était mise à ressentir des vertiges. Elle avait l'impression d'être en mer, sur un bateau. Tout tanguait autour d'elle, surtout lorsqu'elle se trouvait dans son lit. Un mal de cœur tenace ne la quittait plus. Le médecin lui avait expliqué, après l'avoir examinée, qu'il s'agissait d'un trouble de l'oreille interne dû au fait que sa voiture s'était retournée lors de l'accident. Une histoire de cristaux liquides qui avaient été déplacés dans ses tympans et qui modifiaient à présent son sens de l'équilibre. Il n'y avait pas grand-chose à faire sauf la prise de certains médicaments et du repos.

Hélène ne supportait plus cette nausée permanente. Elle devait marcher comme une vieille dame, plaçant précautionneusement le pied devant l'autre, se tenir aux murs, aux rambardes, au dossier des sièges.

Parfois, lorsqu'elle avançait péniblement, elle voyait soudainement le sol monter vers elle, montagnes russes surgies de nulle part, sous le parquet, la moquette, l'escalier, le trottoir.

Puis venait la migraine, comme si le tournis n'était pas assez, une migraine solide, puissante, bien ancrée entre ses yeux, à la racine du nez, et qui prenait possession de tout son crâne comme un turban en acier. Au début, elle avait tenté de lutter, mais rapidement elle baissait les armes, épuisée, et se couchait, les yeux cachés derrière un de ces masques noirs qu'on met en avion.

Son apparence devenait moins soignée, ses vêtements étaient souvent fripés à force de rester couchée des après-midi entiers. Parfois, aussi, ses joues étaient chiffonnées par des marques rougeâtres laissées par l'oreiller. Elle se levait, le soir venu, groggy, paniquée, s'acharnant à remettre ses cheveux en ordre, à redresser le lit, ses vêtements, parce que Henri allait rentrer et qu'il ne fallait surtout pas qu'il la voie ainsi.

Elle errait dans les pièces, abrutie, pour finir devant la télévision qu'elle regardait sans la voir en attendant que son mari revienne, qu'il lui lance son « bonsoir chérie » coutumier, et plante son sempiternel baiser vague sur le sommet de sa tête.

Au fil des jours, personne ne remarquait son état. Personne ne voyait qu'elle n'allait pas bien. Qu'elle avait des vertiges, mal au cœur, à la tête. Qu'elle avait peur. Qu'elle vivait un cauchemar.

Non, on ne voyait rien. On s'en fichait. On s'en tapait le coquillard. C'était toujours elle, après tout, qui s'occupait des autres, qui veillait sur les autres.

Il n'y avait personne pour se préoccuper d'elle. Personne.

Et pour la première fois, elle sentit sourdre en elle une colère nouvelle.

La fille et son frère n'étaient pas venus depuis quelques semaines. Hélène imagina qu'ils avaient dû vendre les perles à un bon prix, et que la somme devait les satisfaire, pour le moment.

Alice n'avait pas encore remarqué la disparition des perles. Mais lorsqu'elle le ferait – car Alice remarquait tout – que dirait Hélène? Je les ai perdues, j'ai oublié de te le dire. Non, trop désinvolte. Elles sont dans le coffre, ma chérie, avec mes autres bijoux. Oui, voilà, un mensonge. Un petit mensonge. Alice n'irait pas vérifier, elle n'avait pas la combinaison du coffre. Un mensonge qui ferait l'affaire, pour le moment. Jusqu'à la prochaine question d'Alice. C'est drôle, tu les mettais tout le temps, mes perles, maman. Tu ne les aimes plus?

Les vertiges s'estompaient. Mais Hélène gardait une sensation de flottement, d'irréalité, comme dans un rêve flou, ou comme si elle se trouvait sous l'eau. Ses mouvements étaient lents, alanguis, son débit de parole ralenti. Elle avait parfois l'impression de subir l'effet étourdissant d'un alcool qu'elle n'avait pas ingurgité, d'une substance illicite qu'on lui aurait administrée à son insu.

D'habitude, à cette époque de l'année, juste avant Noël, elle débordait d'énergie. Elle s'occupait des cadeaux pour la garderie, organisait le cocktail annuel de la bibliothèque. Mais cette fois, ces activités la remplissaient d'ennui. Elle prétexta des soucis familiaux et délégua le tout à ses collègues. Oui, sa belle-mère était très fatiguée, il fallait qu'elle s'en occupe beaucoup plus, pour les fêtes. Oui, elle devait garder les enfants de sa fille qui partait à New York avec son mari. Oui, elle devait aider son fils à trouver du travail avant la nouvelle année.

Rien de tout cela n'était vrai, mais personne ne questionna Hélène. On la croyait sur parole. Hélène était ce genre de femme qu'on pensait incapable de mentir.

Elle avait plus de temps libre, à présent. Pour lutter contre les derniers assauts du vertige et fuir son lit, elle avait pris l'habitude de marcher dans le quartier, de se laisser porter au hasard, au gré des rues, des avenues. Elle aimait le froid qui piquait ses joues, ses oreilles. Elle déambulait longuement, pas très vite, mais à un rythme soutenu qui lui permettait d'avaler bon nombre de kilomètres.

A chaque feu rouge, elle se retournait pour voir si la fille et son frère la suivaient. Elle ne pouvait pas s'en empêcher. Cela devenait un geste automatique. Un rapide coup d'œil au-dessus de son épaule, juste pour vérifier. Rien. Parfait. Elle pouvait continuer.

Et elle avançait ainsi, de son pas placide, un peu instable, les yeux vagues, auréolée d'un mystère triste qui faisait que parfois les hommes qui la croisaient la suivaient du regard, un instant.

Parfois, lors de ses promenades, elle se retrouvait comme par enchantement près du passage du Désir. Pourquoi revenait-elle ici? Que cherchait-elle? Elle aurait été incapable de le dire. Au lieu de s'enfuir, elle tournait sur le trottoir, la démarche hésitante, à regarder vers l'intérieur du passage, vers le numéro 17, là où tout s'était passé. C'était par cette porte qu'elle était entrée, ce jour brûlant, pour suivre un étranger. C'était là, derrière ce mur lézardé, qu'elle avait connu cette jouissance extrême. Et c'était là que l'homme était mort, entre ses bras.

On avait dû l'emmener par la porte, juste là, sur un brancard, sous l'œil indifférent ou malsain des badauds, des voisins. Où l'avait-on mis ensuite? A la morgue? Et après? Où avait-il été enterré? Qui venait le voir sur sa tombe? Qui pensait à lui? Qui le pleurait?

Hélène secoua la tête comme si elle chassait un insecte se hasardant trop près de son visage. Elle devait arrêter tout ça. Arrêter de revenir ici, malgré elle. Arrêter de se poser des questions pareilles. Cela ne servait à rien. Peut-être que la fille et le frère habitaient là. Ils pourraient la voir. C'était risqué. Il fallait s'en aller.

Elle mettait toujours longtemps à partir, se retournant à plusieurs reprises vers le passage, essayant d'imaginer que l'homme était encore là, qu'il vivait, qu'il respirait, qu'il baisait, qu'il mangeait. Qu'il était là comme elle, qu'il imprégnait la terre de son existence, qu'il rejetait de l'air avec ses poumons, qu'il n'était pas dans une boîte, sous une pierre tombale.

Zarko, oui, il s'appelait comme ça, cela lui revenait maintenant. Zarko. Un ressortissant serbe. Quelle avait été sa vie? Avait-il connu le conflit des Balkans? Avait-il perdu de la famille? Mais oui, sa femme... La fille l'avait dit... Stop, stop! Cela suffisait à présent. Il était mort. Il ne reviendrait plus. Plus jamais.

Et elle tournait le dos au passage, ramenait son châle sur sa poitrine d'un geste frileux, hâtant le pas.

Mais quelque part au fond d'elle-même elle savait qu'elle reviendrait. Elle ne pouvait pas s'en empêcher.

Un matin glacial, elle avait croisé son amie Armelle sur les grands boulevards, noirs de monde avant les fêtes. Elles étaient parties boire un chocolat chaud dans un café voisin. Armelle était une grande femme blonde au visage plat. Elle était divorcée.

Hélène l'écoutait, peu intéressée par le discours de son amie, ses mornes confidences, ses doléances, ses soupirs. Ses pensées l'emmenaient autre part, malgré elle, retrouver toujours et encore la fille, et son frère, et la question brûlante de leur retour.

— Tu es bizarre, fit Armelle, étonnée par le regard flou d'Hélène, son sourire absent. Tu n'es pas « là », j'ai l'impression de parler à un fantôme !

Hélène ne dit rien et but son chocolat d'un geste précis et élégant.

— Tu vas bien ? demanda Armelle, inquiète.

— Très bien, répondit Hélène.

Mais elle se demanda, en touillant l'épaisseur du lait chocolaté, si elle ne devait pas tout dire à Armelle, comme ça, maintenant. Lui raconter ce qui lui arrivait depuis le Serbe. Lui raconter la fille, le frère, l'argent qu'elle leur donnait. Le silence fragile qui pesait sur elle. Sur Henri. Lui raconter sa peur, son horreur de ce qui s'était passé. Tout lui dire, là, maintenant, dans ce café enguirlandé rempli de gens engoncés dans leurs manteaux d'hiver, des paquets-cadeaux plein les bras.

Mais les mots ne venaient pas. Elle n'arrivait pas à les former à l'intérieur de sa bouche. Comme d'habitude, elle prononça d'autres mots à leur place. Elle se plaignit de Mamine, d'Henri qui rentrait tard, d'une insomnie passagère, de l'inefficacité de Marie-Rose.

Armelle hocha la tête, commanda un autre chocolat. Puis elle lâcha une phrase surprenante, une phrase qu'elle n'avait jamais dite à Hélène :

— Avoue tout de même que tu as une vie terriblement protégée, Hélène.

Hélène leva les yeux vers son amie, silencieuse.

Armelle continua de sa voix perçante, presque agaçante.

— Il ne t'est jamais arrivé quelque chose de grave. Ton mari t'aime encore, ce qui est un miracle de nos jours, tes enfants ont réussi, il y a des petits-enfants, pas de problèmes d'argent, de santé, vous vivez bien. Tu n'as jamais travaillé, tu n'en as jamais eu besoin, tu ne sais pas ce que c'est que la vie d'entreprise. Vous habitez un petit hôtel particulier, cité des Fleurs, vous avez une villa à Honfleur, enfin tu vois ce que je veux dire, tu ne peux pas te plaindre, Hélène, tu n'as pas le droit de te plaindre. Tout va bien dans ta vie. N'est-ce pas ?

Hélène termina son chocolat lentement. Elle étudia le visage sans relief de son amie, sa blondeur fade, ses bijoux de bourgeoise, son sac de marque.

— Tout va bien dans ma vie, répétat-elle, à voix basse.

— Mais oui, entonna Armelle, ses lèvres tachées de cacao aux commissures.

Hélène plaça une main sur le poignet replet de son amie.

Puis elle se pencha vers son amie, avec un sourire étrange. Armelle trouva que

131

les prunelles d'Hélène étaient presque jaunes, alors qu'elle les avait toujours crues marron.

Le visage d'Hélène était tout près du sien et elle en ressentit un inconfort soudain. Elle avait envie de reculer mais Hélène avançait encore.

— Mais qu'est-ce que tu en sais ? dit Hélène doucement, sans ciller. Qu'est-ce que tu en sais de ma vie ?

Pour la première fois, Armelle eut peur d'Hélène. Sans qu'elle puisse expliquer pourquoi.

— Coupez, coupez donc, avait-elle dit à sa coiffeuse. (Celle-ci l'avait regardée avec surprise.) Coupez franchement.

— Mais, madame Harbelin...

— Faites.

Autour d'elle, par terre, des mèches sombres striées d'argent s'amoncelaient petit à petit. Hélène se contemplait dans la glace. Elle ne s'était pas coupé les cheveux depuis son mariage, sauf les quelques centimètres nécessaires tous les deux mois à la bonne repousse.

Son visage émergeait, plus fin, plus pointu, ses oreilles aussi, délicates, ourlées.

— Ça vous rajeunit, fit la coiffeuse qui la contemplait, la tête penchée sur le côté. Vous avez eu raison. Il faudrait enlever le gris maintenant. On fait un petit Diacolor, madame ?

— Pourquoi pas ? répondit Hélène.

Plus tard, elle fut étonnée par cette femme dans le miroir qui lui ressemblait et qui pourtant n'était pas elle. Oui, elle se sentait plus jeune, subitement. Une nouvelle coupe, une nouvelle couleur. C'était facile, au fond. Pourquoi n'y avait-elle pas pensé plus tôt ?

Mais Henri n'avait pas apprécié.

— Quel dommage, dit-il. Tu as perdu ta classe naturelle. Tu ressembles à toutes les autres.

Alice, en revanche, siffla avec admiration.

— Enfin ! Fini ce côté bécébégé coincé que je ne supportais pas.

Hélène eut un sourire amer.

— Ah ? Tu ne me l'avais jamais dit.

Alice effleura les oreilles de sa mère.

— Tu ne les mets plus, mes perles noires ?

Battement de cœur.

— Mais si, ma chérie. Pas tous les jours, j'ai peur de les perdre, elles s'enlèvent facilement.

Quant à son fils Julien, il ne remarqua rien. Mais Hélène savait qu'il la regardait rarement. Elle ne s'en offusqua pas.

Elle prit l'habitude de se coiffer du bout des doigts, à la va-vite, et ses mèches effilées se plaçaient facilement autour de son visage, avec un joli mouvement naturel.

Fini le catogan. Elle se sentit libérée.

C'était un dimanche. Henri devait aller au golf, mais une pluie tenace l'avait découragé. Alors il s'était retranché dans son bureau pour lire quelques manuscrits.

Dans la chambre à coucher, assise par terre, Hélène rangeait sa penderie avec des gestes sûrs et méthodiques. Les pulls en cachemire à gauche, répertoriés par couleurs. Elle caressa le twin-set rose d'une main tendre. Il lui rappelait des bons souvenirs. Un voyage en Ecosse avec Henri. Des ciels fascinants, lourds, pourpres, gris perle. Des collines rondes et vertes à perte de vue. C'était il y avait combien de temps ? Elle ne se souvenait plus. Alice était encore à la faculté, Julien en terminale.

Et ce cardigan mauve aux boutons nacrés... Lui aussi lui rappelait un voyage, en Italie cette fois, près de Gênes.

Un printemps délicieux, déjà chaud. Ils avaient déjeuné à Portofino, puis ils étaient revenus à Gênes par la mer. En route, ils s'étaient arrêtés dans une petite crique silencieuse qui abritait un ancien monastère du XVIIIe siècle. Comment s'appelait-il, ce monastère ? Un nom étrange, fruité... Elle ne s'en souvenait plus, non plus. Dans la petite baie, loin devant la plage de galets blancs, ils étaient passés au-dessus d'une ancienne statue du Christ immergée en pleine mer à plusieurs dizaines de mètres de fond. On leur avait tendu une sorte de masque rudimentaire avec un embout en verre rond à enfoncer dans la surface de l'eau, et là, elle avait vu apparaître le visage tourmenté du Christ, les bras en croix, les mains tendues vers elle. Cette vision des abîmes bleus, de la statue immense qui s'en dégageait, l'avait à la fois effrayée et émerveillée. Elle y pensait souvent. San Fruttuoso ! Voilà, c'était le nom de l'endroit, ça lui revenait maintenant.

Elle se redressa subitement. N'avait-elle pas entendu la sonnette ? Elle tendit l'oreille. En effet, on sonna encore, plusieurs coups vifs. Ce devait être un des enfants qui passait les embrasser. Henri irait ouvrir. Hélène retourna à ses pulls.

Puis elle se redressa à nouveau, d'un coup sec, avec horreur. Et si c'était pour elle ? Et si c'était la fille et son frère ? Non, ce n'était pas possible. La fille et son frère, ici, un dimanche. Elle porta une main incertaine à ses lèvres. Et Henri qui était allé ouvrir. Henri nez à nez avec les deux.

Elle chercha à se lever mais ses jambes tremblaient trop. Alors elle resta là, à même le parquet, figée. Que faire ? Rien. Il n'y avait rien à faire. Attendre. Ne pas bouger.

Henri était là, dans l'embrasure de la porte.

— Ce sont deux jeunes pour toi, chérie. Des étrangers. Tu les attendais ?

Il semblait étonné. Qu'allait-elle pouvoir lui dire ? Il voulait une explication. Elle se souvint de la soirée avec Pablo, lorsque la police avait téléphoné pour le sac. Il fallait qu'elle fasse comme ce soir-là, exactement comme ce soir-là, qu'elle soit naturelle, un peu nonchalante, calme, placide. Elle se leva avec souplesse, passa ses doigts dans ses cheveux courts. Oui, ça revenait, elle sentait que ça lui revenait. Une voix posée. Un sourire léger.

— Deux jeunes ? Ah, oui, ça doit être Marija et son frère.

Henri fronça les sourcils.

— Mais qui sont-ils ? Tu ne m'en as jamais parlé.

Elle noua un pull négligemment autour de ses épaules, jeta un coup d'œil par la fenêtre.

— Bouh ! Quel temps. Mais si, je t'en ai parlé, tu ne m'écoutes pas. Ce sont deux sans-papiers que j'ai rencontrés par la garderie. La fille est enceinte, figure-toi et j'essaye de leur donner un coup de main.

— Je vois, fit Henri. (Il semblait se contenter de cette réponse.) Ils sont en bas, dans l'entrée, chérie. Je retourne lire.

Elle attendit que son pas s'évanouisse le long du couloir, que la porte de son bureau se referme.

Puis elle descendit vers l'entrée.

C'étaient bien eux, trempés par la pluie. La fille semblait très grosse, déformée par son ventre pointu qui prenait de l'ampleur.

Hélène avait envie de crier, de trépigner, de les mettre dehors, de leur claquer la porte au nez.

Mais elle les regarda sans rien dire, les doigts noués.

— On vient chercher argent, dit la fille.

Elle parlait haut et fort, comme à son habitude.

Hélène fit un geste apeuré de la main.

— Taisez-vous donc ! Mon mari est juste là-haut. Il peut nous entendre.

— Les perles, pas duré longtemps. Il faut plus d'argent pour bébé. Il faut donner plus.

La fille n'avait pas baissé la voix.

Paniquée, Hélène lui fit signe de passer dans la cuisine. Ils s'assirent tous les deux, ne la quittant pas des yeux. Elle resta debout. Qu'allait-elle faire, maintenant? Ils étaient là, sous son toit, à quelques mètres d'Henri.

— Tu donnes argent et on part, dit la fille avec un sourire insolent.

— L'argent! siffla Hélène, exaspérée. L'argent! Vous êtes drôle, vous! Vous croyez que je suis une banque ou quoi? Vous croyez que j'ai toujours de l'argent sur moi? On est dimanche, vous avez pensé à ça?

La fille haussa ses épaules grasses.

— Ton mari, il doit avoir argent, madame? Tu vas demander. Ou alors je fais, moi. Je vais demander, à ton mari. Il a l'air gentil. Je vais lui expliquer, pour mon père.

Hélène sentait la panique monter en elle. C'était la fin, elle en était sûre. Tout était fichu. Il n'y avait aucun moyen de s'en sortir. Elle avait l'impression d'étouffer sur place. D'être la statue engloutie de San Fruttuoso, avec des dizaines de mètres d'eau au-dessus de sa tête. Elle s'assit brutalement, une faiblesse soudaine devant les yeux. Elle n'allait quand même pas s'évanouir. C'était ridicule. Elle se reprit, tant bien que mal, respira calmement quelques instants.

141

Elle pensa tout à coup au Barbour d'Henri, resté là-haut, dans la chambre. Il l'avait sur le dos au moment où il comptait partir pour le golf. Puis la pluie l'avait démotivé. Il y avait sûrement de l'argent dans la poche intérieure.

— Je reviens, dit-elle à voix basse, en se levant. Restez ici.

Puis elle monta l'escalier sur le bout des pieds, légère comme une ballerine. Voilà le Barbour, jeté en travers du lit. Doucement, elle glissa la main le long de la veste, ses doigts chuintant sur la surface huilée, jusqu'à la poche intérieure, fermée d'un bouton qu'elle défit rapidement. Crissement des billets. Elle ne s'était pas trompée. Henri se baladait souvent avec du liquide, il aimait flâner les week-ends dans les brocantes, aux puces, chez les antiquaires. Cinq cents euros.

Elle les avait en main lorsqu'elle entendit la porte du bureau s'ouvrir. Henri! Il allait venir. Il allait la voir.

Que faire? Pas de temps à perdre. Elle ne savait pas où fourrer l'argent. Sous son chemisier, à même la peau. Elle fonça vers la cuisine. A bout de souffle, elle s'adossa au Frigidaire, le cœur cognant dans sa poitrine. Les deux étaient là, muets, raides, ne la quittant pas du regard.

Henri se rendait dans la salle de bains. Il sifflotait. Hélène attendit qu'il referme la porte, guetta le cliquetis caractéristique du verrou.

Puis elle jeta les billets vers la fille qui les attrapa avec habileté.

— Maintenant, tu fous le camp, cracha Hélène. Tu m'entends ? Tu fous le camp d'ici !

Elle n'avait jamais parlé de sa vie ainsi à quelqu'un.

La fille se leva, sans se presser, manœuvrant son gros ventre autour de la table avec difficulté. Son frère la suivait, ombre longue et maigre.

Ils repartirent dans la pluie. Hélène retourna à ses rangements. Mais elle ne rangea plus rien.

Elle resta assise, les yeux dans le vague, les bras croisés. Sa bouche gardait la sensation bizarre des mots violents, de l'agressivité de sa voix qui en restait râpée comme par du papier de verre.

Elle se ranima enfin en entendant Henri. Il disait que la pluie avait cessé, qu'il allait faire un tour. Il enfila le Barbour, palpa sa poitrine.

Puis il lui demanda d'une voix perplexe si elle avait vu l'argent qui était dans sa poche. Au moins cinq cents euros. Non, non, elle n'avait rien vu, était-il sûr d'avoir mis cette somme dans la poche du Barbour? En effet, il n'était pas tout à fait certain, mais c'était bizarre, tout de même. Les jeunes n'étaient-ils pas montés dans la chambre par hasard, on ne savait jamais avec ces gens-là. Courroux d'Hélène. Enfin, Henri, les jeunes n'avaient pas quitté la cuisine, elle leur avait offert à boire, ils étaient restés cinq minutes, le temps qu'Hélène leur donne des affaires de bébé et des adresses pour leurs papiers, comment pouvait-il penser des choses pareilles?

Elle se disait souvent qu'il était encore temps de retourner au commissariat et d'expliquer la situation. Même six mois après les faits. Elle ne pouvait plus continuer comme cela, à donner de l'argent à cette fille, encore et encore. Henri et elle avaient un compte en commun. C'était lui qui vérifiait les relevés. Si cela continuait, il allait sûrement constater qu'elle sortait souvent du liquide. Il allait lui demander pourquoi.

Elle devait tout expliquer calmement à la police, et les choses s'arrangeraient. Ensuite, elle expliquerait à Henri. Comment? Qu'importe. Elle verrait bien le moment venu. Le plus rapide, c'était de faire en sorte que la fille cesse de lui soutirer de l'argent. Pour toujours.

Mais chaque fois qu'elle se trouvait devant le commissariat, elle faiblissait. Son courage manquait. Son cœur montait dans sa gorge. Elle faisait volte-face et s'en allait en courant. Non, elle n'était pas prête. Jamais elle ne serait prête. Elle s'en doutait.

Noël approchait. Le déjeuner du 25 se déroulait traditionnellement chez les Harbelin, avec la famille entière réunie, Mamine, les enfants, les petits-enfants, Christine, la sœur d'Henri, Edouard, le frère aîné d'Hélène, et leurs enfants respectifs. Ouverture des cadeaux et distribution de baisers. D'habitude, Hélène aimait ces préparatifs festifs qu'elle prenait à cœur, s'organisant longtemps à l'avance, avec application et dévouement.

Mais cette année, rien n'était pareil. L'idée de recevoir la famille l'épouvantait. Car elle savait, elle en était sûre, avec une espèce de certitude viscérale, puissante, que la fille et son frère allaient débarquer en plein déjeuner.

Elle voyait déjà la scène. La somptueuse table, le sapin, les cadeaux, le festin, et le coup de sonnette. L'arrivée des deux. L'étonnement. La paume tendue de la fille. Les regards coulés vers Henri. La fille qui parlerait haut et fort. Les mots. La crudité des mots. La vérité à l'air nu. Les regards tournés à présent vers

Hélène. La surprise. La stupeur. Les interrogations silencieuses. Le doute. L'horreur.

Hélène se rongeait les ongles d'angoisse. Tenir, elle devait tenir. Mais comment ? Et comment annuler ce déjeuner ? Comment y échapper ? Comment faire ?

Puis, un matin, quelques jours avant Noël, elle sut. L'idée lui était venue dans son sommeil. Oui, voilà, elle ferait ça. Exactement ça. C'était risqué, mais elle le ferait quand même.

Elle se sentit pacifiée, même si elle se doutait que ce ne serait pas pour longtemps.

Elle commençait à comprendre, avec une lucidité cruelle, que ses périodes de répit étaient toujours de courte durée.

Le 24, au matin, alors que tout avait été acheté pour le lendemain midi, que tout était stocké dans le réfrigérateur, que tout était « sous pression », comme dirait Marie-Rose, Hélène entra dans la première phase de son plan.

Elle se plaignit d'une fatigue persistante, mais sans en faire trop. Elle n'avait pas l'habitude de se plaindre, c'était nouveau pour elle. Un art qu'elle maîtrisa rapidement. Il suffisait de pousser des petits soupirs, de choir dans un fauteuil proche avec une grande lassitude. Mais qu'as-tu donc ? Oh, rien, juste un coup de pompe, chéri. Madame est fatiguée ? Je ne sais pas ce que j'ai, je me sens bizarre, ma pauvre Marie-Rose. Vous devriez vous reposer, madame, pour être en forme demain.

La journée entière, elle sut maintenir le cap. De temps en temps, elle se retranchait dans sa salle de bains, et là, elle dessinait des cernes sous ses yeux avec du fard mauve, creusait ses joues d'un coup de poudre marron placé sous la pommette. Puis elle se plâtrait le visage avec une houppette saturée de blanc.

Henri rentra, et comme à son habitude il ne remarqua rien. Elle força la dose, ajouta une touche de vert au niveau des cernes, pressa de la poudre blanche sur ses lèvres.

Le soir du réveillon, ils devaient aller chez des amis. Sur le point de partir, ses clefs à la main, Henri fut soudainement effrayé par le visage spectaculairement blanc de sa femme.

Elle ne disait rien, appuyée contre le mur, à l'attendre. Elle s'était habillée de noir, ce qui la rendait encore plus pâle, et se tenait un peu voûtée, l'œil hagard, son petit sac du soir à la main.

— Mon Dieu, tu n'as pas l'air bien du tout, ma chérie.

Elle le regarda avec un pauvre sourire.

— Ah bon ? Je me sens un peu fatiguée, en effet.

Henri s'approcha, toucha son front.

— J'ai l'impression que tu as de la fièvre. Pourquoi ne m'as-tu rien dit ?

Elle soupira.

— Je n'y ai pas pensé, je ne voulais pas t'embêter, mon chéri.

Henri l'emmena dans la chambre, l'allongea précautionneusement sur le lit.

— On va vérifier ta température.

Elle l'entendit fouiller dans la salle de bains. Il avait du mal à trouver. Elle fut tentée de l'aider, mais ne dit rien.

Il émergea enfin, le thermomètre à la main. Un vieux modèle à mercure. Il le lui glissa dans la bouche.

Une sonnerie de téléphone portable retentit quelque part dans la maison. Henri se leva.

— Je vais répondre. Je reviens, chérie.

Une fois seule, Hélène se redressa d'un geste rapide et glissa la pointe du thermomètre sur l'ampoule allumée de la lampe de chevet. Elle la laissa quelques instants avant de la remettre entre ses lèvres.

De retour, lorsque Henri se pencha sur le thermomètre, son visage se vida de sa couleur.

— Tu as quarante de fièvre !

Hélène murmura quelque chose d'inintelligible, comme si elle sombrait dans un profond sommeil.

Henri s'agitait, paniqué. Il voulait appeler un médecin. Tout de suite.

C'était trop grave. Il tournait en rond, affolé. Hélène le surveillait du coin de l'œil. Il fallait le calmer, rapidement. Non, pas de médecin, gémit-elle. De toute façon, leur médecin était sûrement injoignable, le soir de Noël. Elle ne voulait pas de quelqu'un d'autre. Du repos, c'était tout.

A voix basse, elle lui demanda de l'aspirine qu'elle avala docilement, puis fit mine de s'endormir comme un bébé, avec un petit sourire de martyre apaisée.

Henri veilla quelques instants sur elle, puis il passa dans la pièce voisine. Elle tendit l'oreille. Bips musicaux des touches du téléphone. Voix de circonstance d'Henri. Alain ? C'est Henri. Ecoute, je suis désolé, mon vieux, mais on ne va pas pouvoir venir ce soir. Hélène a de la fièvre, elle est couchée. Je ne sais pas ce qu'elle a. Elle dort, la pauvre, elle a quarante ! Tu imagines trouver un médecin le soir de Noël ? Si sa fièvre ne baisse pas, je l'emmène aux urgences. Oui, c'est ça. Embrasse Janine pour moi. Et pardon encore.

Hélène souriait toute seule dans le noir. La première phase de son plan avait marché.

Vers 21 heures, Henri comprit tout à coup qu'il n'aurait pas de dîner de Noël. Le Frigidaire entier était rempli du repas de demain. Pas question d'y toucher. Il n'y avait rien d'autre à manger.

Il se glissa dans la chambre. Hélène respirait régulièrement. Il n'osait pas la déranger, s'assit au bord du lit délicatement.

Elle se retourna vers lui, ouvrit un œil.

— Mon pauvre chéri, tu dois avoir faim, c'est ça ? Je vais aller te préparer un petit quelque chose.

Elle se souleva avec peine, passa une main fébrile dans ses cheveux ébouriffés.

— Mais enfin, chérie, reste au lit ! Mon dîner n'a aucune importance.

Hélène se rallongea avec une grimace. Puis, d'une voix blanche, elle dit :

— Et si tu allais manger un morceau au bistrot du coin ? Le patron nous

152

connaît bien, il aura sûrement une petite place pour toi le soir de Noël.

Henri hésita.

— Mais je ne veux pas te laisser seule.

Elle posa une main tendre sur son bras.

— Tu prendras ton portable, chéri. Allez, va prendre un bon dîner. Je vais continuer à me reposer. Il faut que j'aille bien pour le déjeuner de demain.

Henri s'en alla, et Hélène resta seule.

Phase deux du plan parfaitement réussie.

Elle se mit assise dans son lit, les bras autour de ses genoux. Elle n'attendit pas trop longtemps.

La sonnette retentit enfin dans la nuit. Une fois, deux fois. Trois fois. Elle se leva, descendit sans bruit vers l'entrée.

Le parquet grinça, elle s'immobilisa. Quatrième coup de sonnette qui la fit sursauter. Elle plaça sa main contre le battant de la porte, regarda par le judas.

C'étaient eux, déformés par le verre grossissant. Grotesques. Monstrueux. La fille, le frère.

Ils pensaient la trouver ici le soir de Noël. Ils étaient venus. Elle avait eu raison.

La fille empoigna la poignée en cuivre de la porte et la secoua de toutes ses forces. Pétarade dans la nuit. Son frère se mit à cogner le bois de son pied. Ils semblaient violents, déterminés.

Hélène eut peur. Ils allaient défoncer la porte. Qu'allait-elle faire ? Henri était parti. Il n'y avait personne pour la protéger. Et s'ils rentraient chez elle ? Où pouvait-elle se cacher ? Sous le lit ? Dans la penderie ? Ils finiraient par la trouver. Ils la trouveraient.

Elle tenta de se raisonner. La porte était solide. Elle était blindée. Ils n'allaient pas réussir à l'ouvrir. Ils n'entreraient pas. C'était impossible. Ils étaient mains nues. Il fallait des outils, des pinces, un pied-de-biche pour forcer une porte blindée. Un voisin allait bien finir par remarquer le bruit. Ils seraient dérangés. Ils s'en iraient.

L'œil rivé au judas, elle attendit. Longtemps. Il faisait froid dans la maison, mais elle avait peur de faire craquer le parquet en allant chercher un chandail. Elle avait peur de s'éloigner de la porte, comme si sa propre présence bloquait l'entrée, les empêchait d'entrer, comme une forteresse de chair.

Pourquoi restaient-ils là ? Elle ne comprenait pas. La fille fumait, balançait ses cendres sur le paillasson. Ils parlaient entre eux, criaient presque, de cette langue gutturale qu'elle avait appris à craindre, faisaient des gestes, montraient la porte, examinaient la serrure. De temps en temps, l'un d'eux secouait la poignée de nouveau, avec le même fracas.

Alors qu'elle n'avait plus d'espoir, qu'elle se disait avec abattement qu'elle avait éloigné Henri pour rien, puisqu'il allait bientôt tomber sur eux en revenant du bistrot, le voisin ouvrit sa porte. Hélène entendit sa voix.

— Vous cherchez quelqu'un ? demanda-t-il. Ça fait un moment que je vous surveille. Vous en faites, du bruit.

Les deux se figèrent, effrayés. Puis, sans mot dire, ils détalèrent comme des lapins.

Le voisin referma sa porte. Hélène retourna dans son lit, le cœur plus léger. Elle eut du mal à trouver le sommeil.

Demain, ils reviendraient.

Phase trois du plan.

Le lendemain, elle ne sortit pas de son lit. Elle y demeura, prostrée comme une momie. Henri prit sa température. Trente-sept. Parfait. Mais elle était faible. Si faible. Impossible de mettre le pied par terre. Impossible de faire quoi que ce soit, sauf dormir.

Il téléphona à Alice. Ta mère est patraque. Elle dort. Je ne sais pas quoi faire pour le repas. Il faut que tu viennes m'aider.

Alice débarqua, un enfant sous chaque bras. Elle jeta un coup d'œil à sa mère. Elle soupira. Pauvre maman. Malade le jour de Noël. Elle en fait trop, comme d'habitude. Allez, on va se débrouiller, papa.

De sa chambre, Hélène entendait des bruits catastrophiques émaner de la cuisine, ponctués de cris d'enfants. Maintes fois elle fut tentée de se lever, d'aller surveiller ce qu'ils farfouillaient, de reprendre les choses en main : mais non, pas cette soupière, Alice, l'autre! Gaspard, ne touche pas à ces verres, c'est du cristal, c'est très précieux! Charlotte, ne mets pas ton doigt dans la mousse au chocolat, s'il te plaît! Henri, ta vinaigrette n'a aucun goût. Zut alors, vous avez laissé attacher la sauce!

Mais elle ne fit rien. Elle resta tapie au fond de son lit, et elle les laissa se débrouiller avec la dinde et tout le reste. D'habitude, c'était elle qui transpirait derrière les fourneaux. C'était drôle de rester là à ne rien faire. Ce fut même assez jouissif.

Puis, vers midi et demi, elle entendit les coups de sonnette qui annonçaient son fils, sa belle-mère, sa belle-sœur, son frère, ses neveux et nièces. Elle capta son prénom dans le brouhaha général : Comment ça, Hélène est malade? Non! La pauvre chérie! Pauvre Hélène! On peut monter lui faire un bisou, à Hélène? Dès qu'elle entendait des pas se rapprocher de sa chambre, elle se recroquevillait sous les couvertures, ne laissant qu'une mèche de cheveux dépasser du drap. Des murmures au-dessus de sa tête. Parfois une caresse furtive sur son crâne. Puis la paix à nouveau.

Pendant le déjeuner, en entendant les couverts racler les assiettes, les verres tinter, en humant l'odeur savoureuse de la dinde, elle ressentit une faim féroce. Elle se rappela qu'elle n'avait rien mangé depuis hier midi. Très bien. Elle n'en serait que plus faible. Et plus crédible.

Après le repas, ce fut l'heure des cadeaux. Dieu merci, ça aussi lui fut épargné, cette année. Sa belle-sœur lui offrait toujours des horreurs, comme un service à punch mauve ou des santons provençaux. Son frère ne se foulait pas, il lui donnait chaque année le même parfum, Calèche, de Hermès, qu'elle refilait le lendemain à une collègue de la garderie. Il fallait ensuite subir les monstruosités concoctées par ses petits-enfants : des colliers de pâtes ou des mini sapins pailletés en papier mâché, et leur dire, la bouche en cœur, mes chéris, c'est ravissant !

Elle riait tant dans son lit qu'elle faillit ne pas entendre la sonnette. Les voilà. C'étaient eux. Ils étaient revenus. Ils pensaient pouvoir lui soutirer de l'argent le jour de Noël. Mais non. Ils n'auraient rien. Ils n'oseraient rien demander à

Henri. Ils seraient impressionnés par tout ce monde. Elle en était certaine. L'important, c'était qu'elle ne soit pas là, elle. Tant qu'ils ne la voyaient pas et que personne ne remarquait son trouble à elle, il ne se passerait rien.

Elle serait hors d'atteinte.

Silence. Elle trépignait, impatiente.

Elle essayait d'imaginer la scène. Elle n'y arrivait pas. N'y tenant plus, elle se leva, marcha sur la pointe des pieds jusqu'à la porte, l'entrouvrit avec précaution. Il ne fallait surtout pas qu'on l'aperçoive. Elle n'entendait rien. Si, la voix d'Henri. Puis celle d'Alice. Puis la porte d'entrée qui claqua. Des rires.

— Encore maman qui joue à Mère Teresa? La voix de Julien.

— Oui, mais papa il n'a rien lâché, gloussa Alice. Il leur a dit de revenir quand elle serait guérie!

Eclats de rire de nouveau.

Hélène referma la porte, se précipita à la fenêtre. Que s'était-il passé? Comment Henri était-il parvenu à se débarrasser d'eux aussi vite? Elle n'en revenait pas.

Les voilà, tous les deux, en bas, sur le trottoir. Ils erraient, les bras ballants.

Renfrognés, maussades. Henri avait dû les mettre dehors, vite fait. Elle ne put s'empêcher de sourire.

Le frère leva les yeux. Hélène s'écarta vivement, se cacha derrière les rideaux. Trop tard. Il l'avait vue. Il poussa sa sœur du coude, montra l'étage du menton. Tous les deux avaient le visage tourné vers elle, à présent, les yeux rivés à sa fenêtre. Ils allaient revenir, ils l'avaient vue, ils savaient qu'elle était là, qu'elle se cachait dans les plis du rideau. Quelle idiote elle était! Quelle parfaite imbécile!

Ils ne bougeaient pas. Elle non plus. Elle les observait, pétrifiée derrière le lourd tissu.

Puis la fille leva la main, très lentement. Hélène avait l'impression que la fille la voyait parfaitement malgré l'épaisseur du rideau. La fille savait qu'Hélène était là, qu'Hélène n'était pas malade. Qu'Hélène avait tout manigancé pour ne pas les recevoir, pour ne pas leur donner l'argent.

La fille lui fit un petit signe amical. Et un sourire. Un sourire qui glaça Hélène.

Puis les deux s'en allèrent, sans se retourner.

— Mais enfin, chérie! Que fais-tu debout?

C'était la voix d'Henri. Il était entré dans la chambre avec un plateau.

— Je voulais prendre un peu l'air, balbutia Hélène.

Henri posa le plateau, puis redressa le lit. Elle s'y allongea.

— Je me sens mieux, dit-elle. Tout s'est bien passé ?

— Très bien, dit Henri, sauf que Mamine a vomi la bûche sur ton canapé. Mais j'ai tout nettoyé.

Hélène le regarda, étouffa un rire.

— Et ça va, Mamine ?

— Oui, oui, dit-il, en lui versant de la tisane dans une tasse. Ma sœur l'a ramenée.

Elle prit la tasse qu'il lui tendait.

— Tes amis sont venus, dit-il.

Elle le regarda à nouveau.

— Mes amis ?

— Oui, tes petits sans-papiers. De quelle nationalité sont-ils, d'ailleurs ?

Il ne fallait surtout pas dire « serbe ». Cela pourrait rappeler à Henri l'histoire du sac, l'homme du passage,

— Albanais, dit-elle. Je crois.

— Ils voulaient te souhaiter un joyeux Noël, figure-toi.

— Ah, fit-elle.

— Je pense qu'ils auraient bien aimé un billet, mais je n'en avais pas sur moi. Alors je leur ai dit de revenir dans quelques jours.

— Ah.

Elle but sa tisane, la savoura en silence.

La fille, au téléphone, une semaine plus tard. Bonne année, madame! Lassitude et exaspération d'Hélène. Mais que pouvait-elle lui dire, à cette fille? Combien de temps est-ce que ça allait continuer? Elle n'aurait jamais dû avouer. Jamais dû lui donner ce premier billet, au Sacré-Cœur. Elle avait été si stupide. Si peu prévoyante. Elle aurait dû réfléchir, être prudente.

A quoi cela servait, de ressasser tout cela? C'était trop tard. Il aurait fallu y penser avant. Elle songea encore une fois à se confier à quelqu'un, tout raconter. Mais à qui? Elle ne trouvait pas. Elle se rendit compte avec une certaine surprise, pour la première fois, que ses amies ne se confiaient pas à elle. Personne ne le faisait. Une fois, il y a longtemps, Armelle lui avait dit : Toi, tu ne peux pas comprendre. Une histoire d'hommes.

Hélène avait insisté. Armelle avait tenu bon, en secouant la tête. Hélène ne pouvait pas comprendre, c'était tout.

Elle ne savait rien de ses amies. Elle ne connaissait que les détails futiles, les habitudes, le cercle des fréquentations, le nom des petits-enfants. Et en retour, elle ne se livrait pas non plus. Elle avait passé des décennies entières à tendre l'oreille, à sourire, à prendre la main, à tapoter les poignets, sans écouter vraiment. Sans se donner. Sans s'investir.

Et cette pensée-là l'effrayait, comme la perspective de sa solitude, présente, et à venir, l'idée de cette vieillesse qui avançait vers elle, nimbée de tristesse, de regrets.

Elle dit à la fille :

— Il faut que ça s'arrête, maintenant.

Rire frondeur.

— Et le bébé ? Comment je vais faire, moi, avec le bébé ?

Hélène réfléchit.

— Je vous donnerai une somme pour le bébé et après ce sera fini. D'accord ?

— Sais pas, dit la fille. On verra. Mais je peux pas bouger. Le médecin il a dit je dois rester allongée. Tu dois venir, madame.

— Et votre frère ? Il ne peut pas venir, lui ?

Soupir au bout du fil.

— Mon frère retourné en Serbie, madame. Lui mineur. Lui parti dans une famille, là-bas.

Hélène ferma les yeux.

— Où habitez-vous, alors ?

La fille donna une adresse dans le 14ᵉ. Hélène la nota.

— Je viendrai tout à l'heure. On parlera de tout ça. Ça ne peut plus continuer, vous savez.

Ricanement.

— C'est toi qui as commencé, madame.

Puis la fille raccrocha, brutalement.

Une petite rue entre l'arrière de la gare Montparnasse et l'hôpital Saint-Joseph, coincée entre la voie ferrée et une grosse artère commerciale. Des grands blocs modernes, laids, tagués, aux couleurs criardes. Hélène gara sa nouvelle Peugeot dans la rue commerçante. Elle avait mille euros sur elle. Cela devait suffire. Il le fallait.

L'entrée de l'immeuble était exiguë, délabrée. Des guirlandes scintillantes drapées sur un sapin malingre. Une odeur de nourriture. De renfermé. Des rangées de boîtes aux lettres métallisées, bringuebalantes, dont certaines débordaient de prospectus. Elle regarda l'Interphone. La fille avait dit « Pas de nom. Numéro 44 ».

Elle appuya sur le numéro 44. Aucune réponse. Peut-être que la fille n'était pas là. Elle pourrait partir alors. Ne pas lui donner les mille euros. Mais Hélène savait bien que cela ne servirait à rien. La fille finirait par la rappeler.

Elle appuya à nouveau. Quelqu'un souffla à l'autre bout de l'Interphone, enclencha le bouton qui ouvrit la porte vitrée. Quatorzième étage. Hélène monta dans un ascenseur nauséabond à la lumière défaillante. Un palier étroit, sombre, avec une dizaine de portes ébréchées.

L'une d'entre elles était ouverte. Hélène s'y dirigea. La fille l'attendait, debout devant une baie vitrée. Une petite pièce claire qui dominait le Sud parisien. Au loin, l'entrelacs des voies ferrées qui quittaient Montparnasse.

Hélène referma les doigts sur l'épaisseur des billets. L'argent d'Henri. L'argent gagné par Henri et qui allait finir dans les poches de cette fille. Henri qui ne savait rien. Cela ne pouvait pas se passer comme ça.

— Tu as l'argent ? demanda la fille.

Son visage était bouffi par la grossesse. Hélène la trouva sale, repoussante.

— J'ai quelques questions à vous poser d'abord, dit Hélène d'une voix déterminée.

Elle entra dans le studio et referma la porte d'un coup de coude adroit. Elle fit le tour de la pièce, vint se poster en face de la fille, près de la fenêtre.

— J'ai pensé à quelque chose.

La fille la dévisagea.

— Quoi ?

— Qui me dit que vous êtes bien la fille de ce monsieur ?

La fille la regarda sans comprendre.

Hélène recommença.

— Qu'est-ce qui me prouve que vous êtes bien la fille de ce Zarko ? Que vous n'êtes pas quelqu'un d'autre ? Quelqu'un qui me prend mon argent avec des mensonges ?

La fille ne répondit pas. Hélène trouva que son regard était devenu fuyant. Elle avança vers elle.

— Moi, j'ai l'impression que vous me racontez n'importe quoi. Vous n'êtes pas la fille de ce monsieur. Vous m'avez menti. Vous me volez.

Les yeux de la fille regardaient fixement le sol. Elle ne disait toujours rien. Hélène avança encore.

— Si vous étiez vraiment la fille de Zarko, vous seriez allée voir la police. Vous leur auriez dit que vous me soupçonniez de quelque chose. La police serait venue me voir, pour m'interroger. Mais vous ne l'avez pas fait.

— Pas de papiers, marmonna la fille. Alors pas de police.

— Vous mentez. Même si vous n'avez pas vos papiers, s'il s'agissait vraiment de votre père, vous seriez allée voir la police. Vous me mentez depuis le début. Vous voulez de l'argent. Mon argent.

La fille rentra son menton vers sa poitrine, croisa les bras.

Hélène sentit la colère monter en elle.

— Qui êtes-vous, alors ? dit-elle. Si vous n'êtes pas sa fille, qui êtes-vous ?

Pas de réponse.

Hélène se redressa.

— Vous n'aurez pas mon argent. Ce n'est pas la peine de revenir me voir, de me harceler chez moi. Vous n'aurez rien. Vous entendez ? Vous n'aurez plus rien.

Elle se dirigea vers la porte, tendit une main vers la poignée.

— Je t'ai vue, dit la fille, d'une voix sourde.

Hélène s'immobilisa. Elle se retourna.

— Vous m'avez vue où ?

— Passage du Désir. Le jour de la mort de Zarko.

Hélène fit volte-face. L'angoisse enserrait sa gorge.

— J'ai tout vu, dit la fille, avec un sourire salace.

— Comment ça, tout vu ? Qu'est-ce que vous voulez dire ? De quoi parlez-vous ?

— Zarko, c'était un pote, il me donnait du pognon. Il m'aidait. Chaque semaine, je passais le voir, il me filait des billets. Il me trouvait du boulot, des ménages à faire. Des trucs comme ça. Parfois autre chose. Mais du travail, toujours. Avec le bébé, ça devient compliqué, les ménages, tout ça.

Hélène écoutait, médusée. La fille avait changé de voix, d'accent, elle ne parlait plus comme une étrangère.

— Vous êtes française ? demanda-t-elle, ébahie.

— Non. Mais j'ai grandi ici. L'accent, je sais le prendre, quand c'est nécessaire.

Comme pour vous. Vous y avez cru, hein?

— Et le jeune garçon? C'est votre frère?

Rire insolent.

— C'est juste un copain que j'ai mis dans le coup. Il est bon comédien.

De nouveau la colère brute qui montait en elle. Elle se sentit ridicule. Elle s'était fait berner par cette fille diabolique. Et ce jeune avec ses mines pathétiques. Elle s'était fait avoir, jusqu'à la moelle. Elle avait envie de fuir à toutes jambes, de cacher sa honte, d'être n'importe où mais pas ici, pas dans ce studio minable, devant cette grosse fille qui se pavanait, qui l'avait roulée, qui n'arrêtait pas de sourire, d'un affreux sourire pervers.

Hélène se redressa.

— De toutes les façons, c'est fini maintenant. C'est fini, vous n'aurez plus rien de moi.

— Je ne crois pas, dit la fille, en souriant toujours.

— Que voulez-vous dire?

— Parce que j'ai tout vu.

Hélène eut un geste d'impatience.

— Vous avez vu quoi, exactement?

La fille traversa la pièce, lourdement, pour choir dans un canapé délavé.

— Zarko m'avait dit de passer ce jour-là pour du fric. Il mettait la clef sous le paillasson. Quand il n'était pas là, je l'attendais chez lui.

Hélène déglutit. Elle n'avait pas envie d'entendre la suite. Elle voulait se boucher les oreilles, hurler, crier. Mais elle ne pouvait pas.

— J'étais dans la cuisine. Vous êtes entrés tous les deux. Je n'ai même pas eu le temps de dire un mot. J'ai tout vu.

Horrifiée, Hélène se plaqua la main sur la bouche. Un mélange de honte et de terreur l'envahit. La bestialité de la scène lui revint en mémoire. La chambre brûlante. La violence du plaisir. Les cris. Les corps luisants. La mort de l'homme. Sa fuite à elle. Et cette gamine vicieuse qui avait tout vu.

Hélène se laissa tomber sur un fauteuil aux ressorts grinçants. Elle ne pouvait pas parler. Elle était incapable de prononcer un mot. Elle ne pouvait que regarder la fille.

Puis elle se ressaisit brutalement.

— Je ne vous crois pas, dit-elle avec fermeté. Je ne crois pas un mot de ce que vous me dites. Tout ça, c'est pour me faire marcher, pour prendre mon argent.

La fille rigola.

— Vous voulez que je vous raconte ce que Zarko vous a fait ? Dans quelle position ?

— Taisez-vous, cria Hélène.

— Il vous a bien fait jouir, chuchota la fille, avec un clin d'œil exagéré.

Hélène enfouit son visage entre ses mains.

La fille continua, en chuchotant toujours :

— Vous voulez que je vous parle de votre petite culotte, alors ? De votre soutien-gorge ? Un ensemble vert pâle, avec de la dentelle partout. Et vous aviez une longue robe blanche, boutonnée devant.

Hélène se leva précipitamment. Elle ne pouvait plus entendre tout cela. C'était insupportable. Elle devait partir, tout de suite. Mais la fille attrapa son poignet, la força à s'asseoir.

— C'est trop tard, madame. Vous allez devoir payer. Vous payerez jusqu'à la fin de votre vie. Vous avez eu peur de dire tout ça à votre mari. Vous auriez dû. Mais c'est trop tard. On va trouver un arrangement. Vous me donnerez une somme tous les mois. Oh, pas grand-chose ! Vous avez les moyens, madame. C'est sûr ! C'est chouette, chez vous. Vous avez de beaux bijoux. Il gagne du pognon, votre mari. Alors on va s'organiser, vous et moi. On va faire ça proprement, gentiment. Ça ne va pas vous ruiner de me donner un petit coup de main pour que je ferme ma gueule. N'est-ce pas ?

Hélène écoutait, abrutie. Son regard suivait les trains qui serpentaient à travers la ville, tout en bas. Des trains remplis de gens qui vivaient leur vie. Y en avait-il, des gens, dans ces trains, qui vivaient le même cauchemar qu'elle ? Qui s'étaient retrouvés dans cette même situation ? Et qu'avaient-ils fait, eux, pour s'en sortir ? Que devait-elle faire ? Elle ne savait plus.

Elle ne pouvait qu'écouter la voix de la fille, elle ne pouvait que regarder les trains passer, en contrebas, impuissante. Elle regardait ses propres mains, fines, fragiles, son alliance, sa chevalière, ses ongles impeccables. Elle regardait ses mocassins, son pantalon bien coupé au revers parfait. Elle. Tout ça lui arrivait, à elle.

— Vous m'écoutez ? demanda la fille.

— Oui, dit Hélène. Vous voulez une somme tous les mois, en liquide, à vous déposer, ici.

— C'est ça. Mille cinq cents euros. En cash.

— Oui, marmonna Hélène.

— Bon, voilà une affaire qui roule. Et maintenant, vous me le donnez, ce fric?

— Je n'ai que mille euros.

— Vous rajouterez cinq cents la prochaine fois. Je vous fais confiance!

Petit rire méchant.

Hélène ne dit rien. Mais elle avait envie de gifler la fille de toutes ses forces. De la voir gémir, à terre, le ventre à l'air, comme une baleine blessée échouée sur une plage.

— Faites pas cette tête, madame. Ça va bien se passer, vous verrez. Et quand j'aurai le bébé, vous m'achèterez des petits cadeaux, hein? Des trucs de marque. Ah, j'aurai besoin d'une poussette, vous savez. Et puis quand il sera plus grand, vous m'aiderez pour l'école. Une école privée, chicos, comme celle où vous avez envoyé vos gamins.

Plus elle parlait, plus Hélène la haïssait. Plus elle la trouvait hideuse, grasse. Elle sentit la haine monter en elle comme de la bile. Une sensation d'une violence inouïe qui lui donnait le vertige, qui troublait sa vue.

La fille tendait la main vers elle. Donner, encore donner. Toute sa vie, elle serait obligée de donner à cette fille. Donner l'argent d'Henri. Insupportable. Inacceptable.

— Non, dit Hélène.

— Comment ça, non ?

Hélène serra son sac contre elle.

— Vous n'aurez pas mon argent.

La fille se tut. Elle alluma une cigarette, lentement, la fuma sans un mot. Puis elle lança :

— Je vais tout dire à votre mari, à vos enfants.

— Je leur dirai moi-même, cria Hélène. Je leur dirai tout !

La fille éclata de rire.

— Leur dire ? Mais vous en êtes incapable, et vous le savez très bien. Des bourges comme vous, aussi coincées, je connais. Vous ne parlerez jamais. Vous avez trop honte. C'est la première fois que vous l'avez trompé, votre mari, hein ? La première fois que vous vous êtes fait baiser comme ça ?

Hélène se leva brusquement.

— Pas la peine de vous énerver, petite madame. On fait tous des conneries dans la vie. Vous avez choisi de ne rien dire à votre mari, c'est votre problème. Maintenant, arrêtez votre cinéma qui m'emmerde, donnez-moi mon fric et foutez le camp.

— Je vous déteste, marmonna Hélène. Vous n'avez pas le droit.

Hilare, la fille se renversa dans le canapé, se tapa sur les cuisses.

— Tiens, ça se croit tout permis parce que ça porte des bijoux, ça vit dans trois cents mètres carrés ! Tu n'es qu'une belle salope comme les autres, ma grande. Une belle salope qui a le feu au cul, et qui n'est même pas capable d'appeler les flics quand son partenaire sexuel crève !

La honte à nouveau. La culpabilité. Hélène se recroquevilla dans le fauteuil.

— Ça aussi, je l'ai vu, ma grande. Tu t'es tirée vite fait, hein ? Tu n'as pas hésité longtemps. T'avais si peur d'être obligée d'expliquer ce que tu foutais là. C'est là, ta connerie. Ce n'est pas la partie de jambes en l'air avec ce pauvre Zarko. Ta connerie, c'est ta lâcheté. C'est pour ça que je te fais payer. Pour ta lâcheté.

— Taisez-vous, supplia Hélène.

— Non. Tu vas m'écouter.

La fille écrasa sa cigarette dans un cendrier.

— C'est pas beau, ce que tu as fait, hein ? Partir comme ça, sans même appeler le Samu. Pauvre Zarko. C'était un mec bien, Zarko, tu sais. Un type réglo, honnête. Un baiseur, oui, mais y en a d'autres, des baiseurs. Ils n'ont pas pu le ranimer. Crise cardiaque. Rien à faire. Mais toi, tu aurais pu téléphoner. C'est moi qui l'ai fait. J'ai appelé tout de suite, dès que tu es partie.

Hélène ne dit rien. La fille continua d'une voix monocorde.

— Je ne savais rien de toi. Je n'avais pas eu le temps de voir ton visage. Mais j'ai vu que tu avais laissé ton petit sac. Quelle gourde ! Et je savais que les flics allaient te retrouver. Les flics m'ont posé plein de questions. J'ai dit que je venais chez mon ami Zarko, que j'avais ses clefs, que je suis arrivée et que je l'ai trouvé mort sur le lit. A un moment, je me suis dit qu'ils allaient penser que c'était avec moi qu'il avait baisé ! Mais il y avait ton sac. Ça les intriguait beaucoup, ton sac. Je savais qu'ils te retrouveraient. Que tu allais payer. Puis tu leur as raconté n'importe quoi. Ils t'ont crue, ces cons. Ils ont voulu me revoir. J'ai failli te balancer. Dire ce que j'avais vu. Puis je me suis dit que ce serait plus intéressant de te faire chanter.

Malgré elle, Hélène se concentrait sur ce que disait la fille.

— J'avais besoin de fric, je venais de découvrir que j'étais enceinte. La merde ! Je ne sais pas qui est le père, je ne t'ai pas menti sur ça. Mais avec toi, j'ai trouvé le bon filon. Maintenant, je sais qu'il y aura toujours du blé pour mon gamin.

La fille se leva péniblement, les paumes logées au creux du dos. Elle portait un vieux caleçon fripé qui pochait aux genoux, une chemise d'homme tachée. Elle se massa les reins.

— J'aimerais bien accoucher dans une clinique de luxe, tiens. Tu peux m'arranger ça ?

Hélène resta silencieuse.

— Allez, fais pas la difficile. Donne-moi l'argent. Grouille-toi.

Comme un automate, Hélène prit son sac, l'ouvrit, saisit le portefeuille. La fille guettait chaque geste, debout devant elle. Hélène se leva, les billets à la main.

La fille avança.

— Balance, ordonna-t-elle. Balance et casse-toi.

Hélène vit comme un voile rouge devant ses yeux. Une impression subite de chaleur intense. Une clameur sourde dans ses oreilles.

Elle fit un pas en arrière.

— Arrête tes conneries, siffla la fille. Donne.

— Non.

La fille fit un bond en avant pour saisir les billets dans la main d'Hélène. Hélène referma ses doigts de toutes ses forces.

En silence, elles luttèrent un court instant qui parut interminable à Hélène. Elle sentit l'odeur âcre de la fille, sueur et tabac brun mêlés, le contact des cheveux gras tout près de son visage.

La fille était volumineuse, malhabile. Elle s'agrippait à Hélène, lui pinçait les mains avec fureur.

Hélène tenta de se dégager, se retourna violemment sur elle-même comme une toupie. Déséquilibrée, la fille chuta lourdement en avant, la tête la première, vers la table basse. Il y eut un bruit de choc.

Puis le silence à nouveau.

La fille était allongée par terre, sur le côté. Elle ne bougeait plus. Hélène non plus. Elle restait figée, épouvantée, son sac plaqué contre elle, les billets toujours dans la main. Pourquoi la fille ne bougeait-elle pas ? Le faisait-elle exprès ? Etait-ce une feinte ?

Hélène eut une sensation d'étrangeté, d'irréel. Tout cela n'était pas en train de lui arriver. Elle allait se réveiller, et elle serait dans son lit, avec Henri à ses côtés. Elle n'était pas là, dans cette petite pièce carrée, devant cette grosse fille vautrée, mille euros à la main. Elle avait l'impression de flotter. Il y avait juste son cœur qui battait de plus en plus fort, de plus en plus vite. Et une envie puissante, urgente, d'uriner.

Hélène se pencha sur la fille. Elle ne voyait pas son visage sous la masse de cheveux. Elle n'arrivait pas à voir si elle respirait ou pas. Peut-être s'était-elle tout simplement évanouie, elle se réveillerait tout à l'heure avec un mal de crâne terrible ?

Fuir. Sortir de là. Maintenant. Vite.

Elle regarda si elle n'avait rien laissé. Non, elle avait son sac, ses billets. Elle se dirigea vers la porte. Il ne fallait pas laisser de traces de son passage.

Elle avança sa manche, enveloppa la poignée avec et la fit tourner. Elle ne regarda pas vers la fille. Elle ne voulait pas voir. Personne sur le palier. Elle referma la porte, toujours avec la main entourée de sa manche.

Il fallait partir. Tout de suite. L'ascenseur ? Trop lent. Elle prit l'escalier. Quatorze étages à descendre à pied. Odeurs de poubelles et de moisi. Froid humide. Elle descendait, descendait toujours, le cœur tambourinant dans la poitrine. Dans l'entrée, elle noua son carré de soie sur sa tête, comme un fichu.

Elle ne vit personne.

Une fois dehors, elle avança d'un pas ferme. Avoir l'air normal. Tout à fait normal. Une femme comme les autres. Elle regarda le nom des rues. Rue du Moulin-de-la-Vierge. A gauche, vite, avoir l'air normal. Rue Raymond-Losserand.

Où était la voiture ? Elle ne s'en souvenait plus. La panique prenait possession d'elle tandis qu'elle se hâtait. Les gens la dévisageaient, elle en était sûre. Ça devait se voir, ce qui s'était passé. Mais il ne s'était rien passé ! La fille était tombée. C'était tout. Ce n'était pas grave. Hélène en avait juste profité pour partir. La fille la rappellerait, comme toujours. Ce n'était pas grave. Pas grave.

La voiture. Trouver la voiture. S'y introduire. Démarrer. Partir, quitter ce quartier inconnu, rentrer chez elle. A droite, vite, marcher normalement, la tête haute. Rue Boyer-Barret.

Elle ne savait pas où elle était. Elle était perdue. Sa vessie pleine lui faisait mal à chaque pas. Elle en grimaçait de douleur. Elle avait envie de s'effondrer, de se rouler en boule, de pleurer. Tout le monde devait la regarder, elle en était certaine.

Là, à gauche, une rue moins passante. Elle s'y engouffra. Rue des Thermopyles. Une ruelle étroite, pavée, d'un autre temps. Malgré elle, elle contempla, interdite, ce petit passage préservé, bordé de maisons basses et d'anciens becs à gaz. Pas de magasins. Pas de voitures. Un gros chat tapi dans l'embrasure d'une fenêtre. L'été, il devait y avoir de la glycine qui poussait sur les murs. Elle ralentit son pas, apaisée par l'atmosphère tranquille du passage.

On ne l'avait pas vue. Personne ne l'avait vue. Elle n'avait pas laissé de traces. Peut-être que la fille n'avait rien. Qu'elle était en train de revenir à elle, furieuse qu'Hélène ait pris la poudre d'escampette.

Maintenant, il fallait tout dire à Henri. Avant que la fille rappelle. Il comprendrait. Hélène n'avait pas d'amant fixe, d'homme dont elle était amoureuse, juste ce « coup de sang », cette folie à laquelle

elle avait cédé. Il devait connaître ça, Henri. Les hommes connaissaient ça. Mais le reste ? L'homme mort ? Sa fuite à elle ? Elle lui expliquerait aussi. Elle avait eu peur du « qu'en-dira-t-on ». C'était idiot, stupide, mais c'était la vérité. Elle avait eu peur de salir son nom à lui. Dieu que ça faisait pompeux de dire ça. C'était la vérité pourtant. Elle n'avait pas voulu qu'on glousse sur le passage d'Henri, qu'on chuchote, C'est lui, vous savez, c'est sa femme qui... On parlait d'Henri dans les médias. Il passait parfois à la télévision. Il y avait de temps en temps sa photographie dans les journaux. Henri Harbelin, éminent éditeur. Homme respecté. Henri Harbelin était marié à une lâche. La fille avait dit ça : une lâche. Voilà ce qu'elle était. Une femme qui prenait la fuite. Une lâche.

Elle avait de nouveau envie de s'écrouler et de pleurer. Il n'y avait personne dans le petit passage paisible. Elle aurait pu le faire. Mais elle continua sa marche, la tête basse, les sanglots dans le creux de la gorge. Au bout du passage, elle retomba sur la rue commerçante. Sa voiture était par là, mais où ?

Une pluie fine s'était mise à tomber. Hélène la sentait qui s'insinuait dans son col, là où ses cheveux courts dénudaient sa nuque. Elle avait froid. Elle frissonna.

Elle vit un café, à droite, en face du métro. Elle irait là, quelques instants, au chaud, se soulager, se calmer, reprendre sa respiration. Après, elle pourrait réfléchir à où était sa voiture. Elle pourrait réfléchir à tout. A ce qu'elle allait faire.

A ce qu'elle devait faire.

Une table, au fond. Chaleur et vacarme du café. Un garçon souriant. Un chocolat chaud. Ses paumes collées à la tasse brûlante. Elle pensa : et si la fille était morte. Non, pas ça. Non, la fille n'était pas morte, elle ne pouvait pas l'être. Mais si elle l'était ? Si elle s'était cogné la tête, ou la tempe, ou ce fameux endroit qui fait qu'on meurt sur le coup. Là-haut dans ce vilain immeuble carré. Et le bébé dans son ventre. Si une femme enceinte mourrait, que devenait le fœtus ? Combien de temps un fœtus mettait pour mourir ? Allait-il souffrir ?

Il fallait absolument retourner là-bas, voir si la fille allait bien. Il fallait appeler les secours. Faire quelque chose. Bouger. Se lever. Sortir d'ici. Retourner chez la fille. Mais cela lui semblait insurmontable. Impossible. Elle ne pouvait que rester assise dans le fond du café, les mains rivées à sa tasse. Lourde. Abrutie. Sonnée. Elle ne pouvait qu'attendre. Attendre quoi ? Elle ne savait pas.

La pluie tombait toujours. Les passants se hâtaient sous les parapluies luisants. Quelle heure était-il ? Depuis combien de temps était-elle assise là ? Une heure ou dix minutes ? Elle ne savait pas. Le chocolat chaud était tiède. La peau du lait avait formé à la surface un pli qui lui répugnait. Elle repoussa sa tasse. Il fallait retrouver la voiture. Elle devait partir.

A une table voisine, une jeune femme fumait et écrivait dans un cahier. Hélène l'observa. Une trentaine d'années, un long visage fin, des cheveux cendrés. Des yeux étranges, aux paupières supérieures lourdes qui lui donnait un regard de chat. La jeune femme sentit qu'on l'observait et tourna la tête vers Hélène. Elle la contempla quelques instants :

Puis elle lui dit :

— Vous voulez une cigarette ?

Hélène ne fumait pas. Mais elle répondit :

— Oui, merci.

La première bouffée la fit tousser, comme une gamine qui fume pour la première fois. Elle eut envie de rire, de s'excuser d'avoir l'air si bête, mais elle plissa simplement le nez. La femme aux yeux de chat alluma elle aussi une nouvelle cigarette, et elle la fuma en silence.

Hélène sentit des mots monter en elle comme des bulles à la surface. Elle les laissa sortir. Ce fut une sensation de soulagement intense.

— Je suis perdue.

La jeune femme aux yeux dorés lui sourit.

— Vous voulez dire : physiquement, ou mentalement ?

Hélène sourit aussi, même si elle avait également envie de pleurer.

— Les deux.

Volutes de fumée bleue entre elles.

— Ça m'arrive aussi, dit la jeune femme, doucement.

— Je ne sais pas où est ma voiture, enchaîna Hélène, laissant les mots sortir, comme sous l'effet d'une vanne subitement ouverte. Je ne sais pas où elle est garée. Je suis dans un état, je ne sais pas comment vous dire. Je ne me reconnais plus. Avant, tout était calme dans ma vie, tout était stable. Je ne sais pas comment vous expliquer. C'est affolant. J'ai l'impression de ne plus savoir ce que je fais. Je fais des choses. Je fais ce que je n'ai jamais fait. Mais je ne sais pas si je fais ou si je subis.

Jamais elle ne s'était confiée ainsi. La jeune femme écoutait, ne disait rien. Hélène continua.

— Je me sens comme sur un train qui avance sur des rails, et je ne sais pas si je le conduis, ou si le train avance tout seul. Je ne sais pas comment l'arrêter. Vous comprenez ce que je veux dire ? C'est une sensation atroce.

Elle eut peur que la jeune femme féline ne lui rie au visage, qu'elle la traite de folle. Alors elle se tut, la cigarette toujours au bout des doigts. Elle se dit qu'elle devait se lever, partir, s'en aller, mais elle se sentait au chaud, dans ce café, comme protégée par le regard doré de cette inconnue au visage sensible.

— Qu'écrivez-vous dans votre cahier ? demanda Hélène nerveusement, en laissant la cigarette se consumer dans le cendrier.

— Cela n'a aucun intérêt, répondit la jeune femme avec une ironie amusante. Mais ce que vous venez de dire, c'est très intéressant. Le train. Le train lancé à toute vitesse. Le train de la vie. Comment l'arrêter ? Eh bien, on ne peut pas. Ou alors on saute du train. Et c'est la fin. De tout.

— Je ne veux pas faire ça, dit Hélène, à voix basse. Je ne veux pas sauter du train.

— Non. Ne le faites pas, dit la jeune inconnue.

Le café s'était vidé. C'était l'heure creuse. Le patron discutait avec un client, le garçon passait la serpillière. Un homme debout au bar buvait une bière.

Dehors, il ne pleuvait plus.

— Et vous, votre train, dit Hélène, en se penchant vers la jeune femme, il va vite ? Il vous fait peur, parfois ?

Lourdeur des paupières sur le regard jaune. Sourire amer.

— Oui. Il va très vite, mon train. J'essaie d'assumer. Même ce qui est difficile à assumer. J'essaie quand même.

Hélène eut l'impression d'une conversation surréaliste, de celles dont on rêve, et qui n'arrivent pas en vrai.

Elle se leva, enfila son manteau, laissa un billet de cinq euros sur la table.

— Au revoir, dit-elle à la jeune femme.

Celle-ci inclina juste la tête. Hélène se retrouva dehors, sur le trottoir mouillé. Elle remonta la rue Raymond-Losserand dans une sorte de torpeur.

Elle finit par retrouver sa voiture. Une contravention était glissée sous l'essuie-glace. Son cœur s'emballa. Dessus, l'adresse, la date, la plaque de la voiture. Tout. Tout sur son passage ici, ce jour précis. Il faudrait la payer immédiatement. Avant qu'il n'y ait une relance. Avant qu'Henri puisse lui demander avec un sourire : mais que faisais-tu dans le fin fond du 14e ? Question pourtant innocente à laquelle elle répondrait en bafouillant.

Elle fit demi-tour, remonta la rue, trouva un tabac, acheta un timbre fiscal, de quoi affranchir le tout, et poussa le papier dans une boîte aux lettres d'une main mal assurée.

Puis elle rentra chez elle.

En pénétrant dans son salon impeccable qui sentait la rose, le pot-pourri, la lavande, qui respirait la propreté d'un logement bourgeois nettoyé tous les jours, elle eut la sensation bizarre d'être une étrangère. Non, elle n'habitait pas dans ce petit hôtel particulier savamment décoré. Non, ces photographies dans leurs cadres d'argent n'avaient rien à voir avec elle. Non, ces objets précieux, ces tapis colorés, ces bibelots, ces livres, ces tableaux, elle ne les reconnaissait pas.

Elle se rendit dans la cuisine, se prépara une tasse de thé avec des gestes étrangement lents. Elle s'assit, toujours vêtue de sa gabardine, et but le thé brûlant à petites gorgées goulues.

Une journée qui n'en finissait pas. Les images s'enchevêtraient dans sa tête, pêle-mêle. Le regard clair de la jeune femme du café. Sa longue écriture penchée.

L'immeuble laid et carré. Les trains qui serpentaient vers la banlieue. Le visage boursouflé de la fille. Son corps immobile, énorme, gisant sur le sol. La pluie. La petite rue des Thermopyles. La contravention glissée à la hâte dans la boîte aux lettres.

Quand pourrait-elle penser à autre chose ? Oublier ? Se replonger dans sa vie ? Sa vie à elle, la vie d'Hélène Harbelin, sa vie tranquille et rangée d'épouse, de mère, de grand-mère. Tout avait été chamboulé. Tout avait changé depuis le Serbe. Depuis le Serbe, elle n'avait plus aucun contrôle sur rien. Elle était impuissante.

La maison était silencieuse, feutrée. Hélène restait toujours assise à la table de la cuisine, immobile, le regard vague. Les images. Les images, toujours. Et les questions. Les questions incessantes. Obsédantes.

La fille. Etait-elle morte ? Combien de temps allait-elle rester là, allongée ? Et le bébé dans son ventre ? Comment savoir ce qui s'était passé ? Elle ne pouvait pas retourner là-bas. Elle ne pouvait pas savoir. Elle ne saurait rien.

Est-ce que quelqu'un l'avait vue entrer, sortir ? Est-ce qu'on allait la retrouver, comme pour l'homme du passage ? Non, elle n'avait rien laissé. Aucune trace.

Puis elle pensa au téléphone. Et un poids descendit sur elle. Si la fille était morte, la police allait étudier l'historique des appels téléphoniques. Ils passeraient tout au peigne fin. Ils finiraient bien par trouver le numéro d'Hélène.

Ils la retrouveraient, elle.

Elle se dit qu'elle devait se préparer au pire. A l'inévitable. La police. Cette fois, la police ne téléphonerait pas. Elle débarquerait. Au petit matin, pendant qu'Henri serait en train de se raser. Elle viendrait la chercher. Elle aurait les relevés téléphoniques à la main. Ce ne serait même pas la peine de se défendre.

Et là, toute la vérité éclaterait. Toute l'histoire. Le Serbe. L'adultère. Sa mort. La fille. Le chantage. La lutte. La mort de la fille. Et, chaque fois, Hélène qui fuyait. Hélène la lâche. Non, elle ne les avait pas tués, mais elle n'avait rien fait pour les aider. Elle ! Elle, si dévouée envers les autres. Elle, le cœur sur la main.

La police viendrait, et ce serait la fin. Il n'y avait rien d'autre à faire que d'attendre. Elle attendait. Elle guettait la sonnette. Elle tendait l'oreille. Elle se disait, si ce n'est pas aujourd'hui, ce sera demain. Elle ne comprenait pas qu'ils mettent autant de temps. Trois jours, et toujours rien. Ils ne faisaient pas leur travail. Ils étaient d'une lenteur.

Lorsqu'ils viendraient la chercher, elle les suivrait sans mot dire. Tête basse. Digne, mais soumise. Elle ne voulait même pas penser à ce que dirait Henri, à son affolement, son incompréhension. Elle ne voulait même pas penser à ses enfants, à ses amies. Elle se voyait déjà, dans la rue, suivre les uniformes sombres, sans un mot. Elle voyait la tête des gardiennes, des voisins. Des commerçants. Elle ne les regarderait pas. Elle ne les verrait pas.

Pourquoi ne venaient-ils pas ? Elle était prête. Prête dans sa tête, dans son corps. Cette attente la tuait à petit feu. Elle épluchait les journaux qu'ils recevaient tous les matins. D'habitude, elle ne regardait que le carnet du jour ou la météo. Henri s'en amusait. Maintenant, avec une espèce d'épouvante dissimulée, elle ouvrait directement à la rubrique fait divers. Rien. Il n'y avait rien sur une jeune femme retrouvée sans vie dans son studio, rue du Moulin-de-la-Vierge, 14e arrondissement. Elle écoutait la radio, guettait chaque flash info, ce qui étonnait Marie-Rose. D'habitude, Madame n'écoutait que du Mozart.

L'attente la rendait folle. Elle n'en pouvait plus. Elle se sentait rongée de l'intérieur par quelque chose. Comme une brûlure, une blessure qui suintait. Elle devenait impatiente, désagréable. Elle faisait tomber des objets. Elle trépignait pour un rien. Elle se disputa avec Mamine, Alice, les dames de la garderie. Son entourage trouva cela étonnant. Mais comme il y avait toujours, chez Hélène, une espèce de retenue subtile qui passait outre l'énervement, comme elle ne se laissait jamais aller à une vraie crise, ne franchissait jamais les limites, on ne fit aucune remarque. Cela passerait. Ce n'était pas inquiétant. C'est la ménopause, disait sa belle-sœur avec une grimace.

Et le fait que personne ne s'inquiète de sa fébrilité soudaine, ne prenne à cœur la tempête interne qu'elle subissait, ne lui apporte son soutien, creusa davantage son ressentiment, son angoisse, sa peur.

Dix jours, et toujours rien. Pas de police. Rien dans les journaux. Rien au journal télévisé. Pas de coup de fil de la fille. Rien.

Hélène ne dormait plus. Elle mangeait à peine. Son teint était pâle, ses joues creusées. Elle avait développé un petit tic nerveux qui intriguait Henri : une drôle de façon de pincer ses lèvres, geste qu'elle esquissait de plus en plus fréquemment. Henri finit par le trouver énervant, ce tic. Il lui demanda si elle était fatiguée, souffrante. Elle répondit que non. Henri dit qu'elle ne s'était jamais remise de sa grippe de Noël. Elle devrait peut-être se reposer, partir au grand air, faire une cure avec une de ses amies. Qu'en pensait-elle ? N'était-ce pas une bonne idée ?

Hélène ne répondit pas. Elle aurait voulu qu'Henri arrête de lui poser des questions. Mais l'instant d'après, elle se dit qu'elle était heureuse qu'il le fasse, cela voulait dire qu'il pensait quand même à elle, qu'elle l'inquiétait. Elle n'était donc pas totalement transparente à ses yeux.

Le matin du vingtième jour, elle décida de retourner rue du Moulin-de-la-Vierge. Il fallait qu'elle sache. Elle ne pouvait pas continuer ainsi. Elle ne pouvait plus supporter cette situation.

Une fois sa décision prise, elle se sentit comme libérée. Elle planifia son trajet avec minutie. Pas la peine de prendre la voiture et de revivre la même mésaventure que la dernière fois. Elle emprunterait le métro. Station Plaisance. Une demi-heure de trajet à partir de la station Brochant. Direct par la ligne 13.

Elle pensa aussi à son apparence. Il ne fallait pas qu'elle ait sa tête de tous les jours. Il fallait qu'elle soit différente. Comment faire ? Elle eut une idée. Dans les anciennes affaires d'Alice, à la cave, il y avait une série de déguisements dont sa fille s'était servie à l'époque où elle prenait des cours de théâtre. Hélène avait le souvenir d'une perruque blonde et bouclée. Parfait. Il fallait simplement mettre la main dessus.

Elle passa plus d'une heure dans l'humidité sombre de la cave, armée de sa torche. Elle devait trouver cette perruque. Il le fallait. Elle chercha avec frénésie. Victoire ! Elle exhuma enfin la chose d'une valise, emballée dans un sac en plastique, puant le moisi. Elle la secoua longuement.

Les vêtements, ensuite. Elle remonta de la cave un vieux jean de Julien qu'il n'avait jamais voulu jeter, un sweat-shirt d'Henri rétréci au lavage et qu'elle pensait donner à la braderie de printemps de la paroisse. Elle enfila ses tennis et un blouson en jean oublié par un de ses neveux depuis l'année dernière, et qui traînait dans la penderie de l'entrée.

Elle était méconnaissable. Elle faillit en rire. Dieu, qu'elle faisait jeune ! On lui donnait une petite trentaine. Elle n'en revenait pas. Elle virevoltait devant la glace en pied, fascinée.

Dans la rue, elle croisa Marie-Rose qui venait travailler chez les Harbelin. Marie-Rose la regarda à peine.

Elle ne l'avait pas reconnue.

Rue du Moulin-de-la-Vierge.

Plus Hélène s'approchait de l'immeuble de la fille, plus elle se sentait mal. Dans le métro, elle avait moins pensé à cela, tant elle avait été médusée par son propre reflet dans les vitres du train. Elle avait presque oublié pourquoi elle était venue ici. Ce qu'elle était venue faire.

Mais maintenant, elle se souvenait. Et elle n'avait qu'une envie : fuir. Elle se sermonna. Elle était venue jusqu'ici, à présent il fallait bien aller jusqu'au bout. Il fallait savoir ce que la fille était devenue. C'était tout. Ce n'était pas bien compliqué.

Devant l'immeuble, toujours aussi laid, aussi carré, elle manqua de courage. Elle restait en retrait, bras croisés, paralysée. Elle regardait vers le sommet, vers le quatorzième étage. Quelle fenêtre ? Il y en avait tant. Pourtant, c'était bien là-haut.

Et elle devait y aller. Elle devait y monter. Son estomac était noué, ses mains moites. Longtemps, elle demeura ainsi, impuissante.

Puis, tout à coup, elle s'engouffra dans l'immeuble, comme sous l'effet d'un coup de tête. Interphone. Numéro 44. Devait-elle appuyer ? Si la fille répondait, elle saurait ainsi qu'elle était encore en vie, et elle déguerpirait. Mais s'il n'y avait pas réponse. Que ferait-elle alors ?

Pendant qu'elle hésitait, un homme âgé sortit du hall, poussant devant lui la lourde porte de verre. Hélène s'y précipita, murmura un « bonjour » étouffé, et pénétra dans le hall, face aux ascenseurs. Quatorzième étage. C'était maintenant. Maintenant ou jamais. Elle devait y aller, elle devait monter. Plus question de tergiverser.

Toujours la même odeur de pieds et de choux. La même ampoule qui clignotait. Et dans le miroir maculé par des graffiti et des éraflures, une inconnue blonde en jean.

L'ascenseur s'arrêta brutalement. Les portes s'ouvrirent avec un grincement.

Hélène se retrouva sur le palier étroit. La même dizaine de portes. Laquelle était celle de la fille ? Elle ne s'en souvenait plus. Elle tenta de déchiffrer les noms au-dessus des sonnettes. Puis elle se rappela qu'elle ne savait pas comment s'appelait la fille. Ce n'était pas la fille du Serbe, donc elle ne s'appelait pas Petrovic.

Toutes les portes se ressemblaient. Et derrière elles, du silence, ou un brouhaha. Le vrombissement d'un lave-vaisselle. La plainte d'un aspirateur. Les voix métalliques d'une radio, d'un téléviseur. Le ululement d'une sonnerie de téléphone. De la musique. Une dispute. Quelqu'un qui jouait de la flûte à bec, un enfant sûrement. « Frère Jacques ». Hélène allait d'une porte à l'autre, subrepticement, faisait le moins de bruit possible, le cœur dans la gorge.

Puis la minuterie s'éteignit.

Une veilleuse orange au-dessus de l'escalier de secours diffusait une lumière surnaturelle, presque inquiétante. Hélène se figea, recula vers le mur. Qu'allait-elle faire? A quelle porte devait-elle sonner? Que pourrait-elle dire à la personne qui lui ouvrirait? Par quoi devait-elle commencer? Je cherche une amie. Mais je ne connais pas son nom. Impossible. Ridicule. Je cherche une jeune femme, forte, brune, enceinte. Savez-vous où je dois m'adresser?

Tandis qu'elle hésitait encore, le dos plaqué au mur, une des portes s'ouvrit avec fracas et une femme apparut, traînant derrière elle un Caddie.

Hélène fit mine de marcher en direction de la minuterie, la main tendue vers le bouton qui brillait dans la demi-obscurité, comme si elle venait tout juste de sortir de l'ascenseur.

Puis elle regarda la femme avec un sourire.

— Bonjour, madame, dit-elle, d'une voix qu'elle modifia, qu'elle rendit plus aigue que la sienne.

La femme redressa son Caddie, la salua brièvement. Elle était occupée avec son verrou.

Hélène marcha d'un pas assuré vers une des portes. Elle tentait désespérément de se souvenir. A droite? A gauche? Celle-là? Celle-ci?

— Je peux vous aider, peut-être? dit la femme.

Hélène se retourna. Elle sentait son cœur qui battait à tout rompre sous le blouson du neveu.

— Oui, je cherche... balbutia-t-elle. Je cherche...

La dame l'interrompit.

— Vous êtes la jeune femme de l'agence? Mlle Colin?

Hélène ouvrit la bouche, mais aucun son n'en sortit.

— Mais c'est que je ne vous attendais pas de sitôt! Votre patron m'a dit que vous passeriez cet après-midi. On a failli se rater, dites-moi.

— De quelle agence parlez-vous? demanda enfin Hélène.

La dame fronça les sourcils.

— Vous n'êtes pas Mlle Colin, alors ? De l'agence immobilière ?

Hélène secoua la tête.

— Toutes mes excuses, dit la femme, en reprenant son Caddie. J'ai rendez-vous tout à l'heure avec les gens de l'agence pour le studio de la petite. Ma voisine. C'est moi qui ai les clefs, parce que la gardienne est toujours malade, vous comprenez.

— Le studio ? répéta Hélène.

— Oui, le studio de ma voisine. Enfin de mon ancienne voisine.

Elle s'approcha d'Hélène, lui adressa un regard de connivence attristée. Elle chuchota :

— Le studio est libre parce que la pauvre est décédée.

— Décédée ? répéta encore Hélène.

Son cœur s'emballa davantage et elle sentit ses joues devenir rouges et cuisantes. Cette femme allait le remarquer. Elle allait la trouver étrange, bizarre. Elle allait lui poser des questions.

Vite, quelque chose, une idée, un plan.

— Justement, je viens visiter un studio, bredouilla Hélène.

— Alors vous venez de l'agence ? En bas de la rue ?

Hélène secoua la tête.

— Non, moi j'ai vu l'annonce sur Internet. Je viens le visiter. Pour voir s'il me convient.

La femme haussa les épaules.

— On pourrait me prévenir, alors. Internet ! N'importe quoi. C'est moi qui ai les clefs, je vous l'ai dit. Comment vous auriez fait ?

— Je ne sais pas, dit Hélène. Je serais revenue.

La femme grommela quelque chose, puis ressortit son trousseau de clefs.

— Maintenant que vous y êtes, vous voulez le voir ?

Hélène déglutit.

— Oui, dit-elle. Je veux bien.

La pièce était identique à son souvenir. Mais vidée de ses meubles. Fraîchement repeinte. Nouvelle moquette. Toujours la même vue sur le chemin de fer. La femme attendait, placide, tandis qu'Hélène faisait le tour du studio, visitait la minuscule salle de bains, la kitchenette.

— Ils vous ont dit, sur Internet, ce qui s'est passé ici ? demanda la femme. Parce que, à l'agence, ils ne le disent pas.

— Non, on ne m'a rien dit, répondit Hélène.

Elle s'efforçait de marcher normalement, de garder la tête droite, de respirer calmement. Mais tout en elle était tourné vers la femme, vers ses cheveux permanentés, ses lunettes, son double menton. Tout en elle était rivé aux paroles de la femme, à sa bouche, à ses dents grisâtres.

— Ah, ma pauvre, dit la femme. Je ne devrais pas vous le dire, vu que vous cherchez un studio.

— C'est trop petit, de toute façon, dit Hélène rapidement. Je ne le prendrai pas.

La femme semblait soulagée.

— Ah, tant mieux, parce que j'aurais du mal à vous en parler si vous étiez intéressée. On n'a pas envie de vivre dans des endroits où il y a eu des drames, n'est-ce pas ? C'est pour ça qu'à l'agence ils ne disent rien. Mais ils vont avoir du mal à trouver, moi je vous le dis. Les endroits maudits, ça part pas. On le sent tout de suite. Ça porte la poisse. Croyez-moi. Comme dans la maison de mon beau-frère, il y a un type qui s'est pendu. Moi, je ne sais pas comment mon beau-frère il fait pour y dormir !

Hélène avait envie de l'étrangler. Elle voulait l'histoire de la fille, maintenant. Pas le beau-frère. La fille. Sa mort. Ici.

— Racontez-moi, dit-elle.

— C'était une jeune femme enceinte. C'est bien triste. Elle a dû trébucher et se heurter la tête. Elle a perdu connaissance et elle a fait une fausse couche. Elle a perdu tout son sang, la pauvre. Quand les pompiers sont arrivés, c'était trop tard. Elle était morte depuis deux jours.

La femme se tut, les mains croisées sur son estomac replet.

— C'est horrible, hein? ajouta-t-elle avec un sourire satisfait. Vous ne trouvez pas que c'est horrible?

Hélène sentait que sa tête devenait légère, vide. Elle s'appuya contre la baie vitrée, chancelante.

— Parfaitement horrible, poursuivit la femme, les yeux brillants. D'ailleurs, je vois bien que vous en êtes toute retournée. C'est mon autre voisin, M. Simard, qui a donné l'alerte. Il trouvait ça bizarre qu'on n'entende plus la petite. Elle était d'origine yougoslave, la pauvre. Elle faisait des ménages. Mais avec le bébé à venir, c'était devenu difficile, vous comprenez. Et puis elle devait rester allongée, sa grossesse se passait mal.

Hélène écoutait, regardait en bas, vers les trains, comme la dernière fois. Elle avait mal au cœur, mal à la tête. La dame continuait sur sa lancée :

— L'agence a tout nettoyé, comme vous pouvez voir. Ça sent la peinture fraîche, ils ont changé la moquette, Dieu merci. Moi je l'ai vue, la moquette, avant. Vous ne pouvez pas vous imaginer ce que c'était. Car elle a perdu tout son sang, madame. D'un coup, il paraît. Elle s'est vidée, pouf. Et le pauvre bébé ! Heureusement, moi je ne l'ai pas vu, le bébé.

Faiblement, Hélène tourna la tête vers elle.

— Qu'est-ce qu'il avait, le bébé ?

— Elle a fait une fausse couche, la pauvre. On a retrouvé le bébé mort. Entre ses jambes. Enfin, je ne vous raconte pas tous les détails, ils sont horribles.

Toujours le même sourire satisfait.

Hélène eut l'impression d'être vieille, fatiguée. Ses articulations étaient douloureuses. Son cou était comme emprisonné par un torticolis soudain.

— Elle est tombée, c'est tout ?

— Oui, soupira la dame. C'est tout. Elle était bien grosse, la pauvre. Elle devait rester allongée jusqu'à son accouchement. On pense qu'elle a trébuché, tout bêtement, et qu'elle s'est cogné le coin de la tête contre la table basse qui était juste là. Idiot, comme accident, vous ne trouvez pas ?

— Elle avait de la famille ?

— Je ne sais pas. C'est la Ville de Paris qui a fait enlever le corps. Je ne sais même pas où elle est enterrée, la pauvre.

— Je dois partir, dit Hélène, faiblement. On m'attend.

Puis, sans se tourner vers la femme, sans rien ajouter, elle sortit du studio à toute vitesse, elle s'élança dans l'escalier, le dévala, faillit tomber, se redressa, continua sa course folle jusqu'au métro.

En entrant dans la rame, essoufflée, épuisée, elle éclata en sanglots. Personne ne la remarqua. Ou fit mine de la remarquer.

Elle pleura tout le long du trajet, recroquevillée sur son strapontin, la perruque blonde glissant en avant, sur son front.

Cité des Fleurs. Sérénité. Douceur de vivre.

Mais dans sa tête, la tempête. Elle avait beau esquisser des gestes lents et précis, des gestes de tous les jours, coulés, étudiés : arranger des roses dans un vase, écrire une lettre, ranger ses affaires, plier le linge d'Henri, préparer un rôti, elle avait beau faire tout cela avec un calme apparent, à l'intérieur, tout était ravagé. Dévasté.

Deux morts sur la conscience. J'ai deux morts sur la conscience. Et personne ne le sait. Deux morts. Sur la conscience.

Ces mots revenaient, encore et encore, une rengaine qu'elle n'arrivait pas à faire taire. Vagues qui la parcouraient, silencieusement, impitoyablement.

Deux morts qu'elle revoyait avec une acuité parfaite. Lui. La langue noire. Les yeux révulsés. Elle. Les cheveux épars sur le visage. La paume ouverte sur la moquette.

Comment allait-elle vivre avec ces deux morts ? Ils étaient encombrants. Ils prenaient de la place. Ils prenaient leurs aises. Qu'allait-elle faire d'eux ?

Il y avait un décalage flagrant entre l'harmonie apparente de sa personne et l'angoisse qui la rongeait. Parfois, quand elle se savait seule, elle s'allongeait sur le lit, à plat ventre, la bouche écrasée sur l'oreiller, et elle hurlait, le plus fort possible, hurlait à se briser les cordes vocales, elle sentait les veines de son cou, de son front, se gonfler, devenir bleues, mais elle hurlait toujours.

Le pli était pris. Quelque chose en elle s'était fortifié. Elle ne s'était pas effondrée. Elle avait fait face. Elle avait incorporé la nouveauté comme un organisme avale un corps étranger et le fait sien. En elle, désormais, vivait une entité à part, une bride d'acier qui la faisait tenir. Elle tenait. Jour après jour. Mais son tic restait, agaçait Henri et Alice. Cette bouche ramassée, pincée, accentuait les rides autour de ses lèvres, la vieillissait, selon eux. Mais elle s'en moquait. Elle tenait. Le pli était pris en elle. Les deux morts s'étalaient, accaparaient leur espace. Elle laissait faire, droite, tête haute. A l'intérieur, le cyclone fou qui tempêtait. A l'extérieur, l'étang placide.

Combien de temps tiendrait-elle ? Impossible de savoir, se disait-elle. Combien de temps avant que la bride se relâche ? Que le cyclone sorte d'elle ? Il ne fallait pas y penser. Il fallait continuer, jour après jour. Chaque jour qui passait était une croix sur le calendrier. Un jour barré, encore un répit.

Elle n'avait plus la même notion du temps. Les heures étaient devenues interminables. Une attente après une autre. Désormais, elle attendait. Elle attendait la fin. La police. La révélation. La vérité.

Elle attendait.

Rouge. Luisant. Rouge carmin. Brillant. Epais. Onctueux. Rouge sang. Sang. Sang partout. Paume ouverte sur la moquette imprégnée de sang. Peau blanche et grasse. Peau immobile, cireuse, celle d'une statue. Sang sur les cheveux. Rouge sur noir. Odeur du sang, odeur étouffante, aride, puissante. Peau blanche, veines bleues. Le fœtus. Rabougri. Ratatiné. Ridé comme un vieillard. Le cordon ombilical gorgé de sang. Encore relié à sa mère. Fœtus bleu entre les cuisses blanches maculées de rouge. Epaisseur visqueuse du sang. Visage de la fille barbouillé de sang écaillé. Hélène se penche. Odeur insoutenable du sang. Vitelle encore? Toucher la jugulaire. Peau poisseuse du cou. Yeux de la fille qui s'ouvrent brutalement, énormes, noirs, horribles, Hélène sursaute, crie de toutes ses forces.

— Qu'as-tu, chérie? Encore un cauchemar?

La voix d'Henri. La lampe de chevet qui s'allume, qui projette sa lumière rose et rassurante sur le lit, la chambre. Hélène reste figée sous les draps.

Les yeux de la fille. Ouverts. Enormes. Elle frissonne.

C'est ainsi que les morts se vengent. Elle le sait, maintenant. Pendant la journée, elle tient, elle est bridée d'acier. Mais la nuit, les morts entrent par effraction dans son sommeil. Le Serbe et sa langue noire, ses yeux révulsés, qui commence toujours par la pénétrer d'un sexe rigide dont elle se souvient encore, qui s'acharne sur elle tandis qu'Henri dort à ses côtés, qui pétrit ses seins, ses hanches de ses mains de cadavre, et qu'elle subit avec effroi et plaisir mêlés.

— Comment ils vont, tes petits sans-papiers ? Elle a eu son bébé, la fille ?

Hélène n'a pas bronché. Elle tend à Henri son café.

— Je ne sais pas, dit-elle. Je n'ai pas eu de nouvelles depuis un moment.

Henri buvait son café, plongé dans *Le Figaro*. Hélène l'observait. Il ne se doutait de rien. Il se contentait de cette réponse. Il ne la questionnait pas. Pourquoi le ferait-il ? Il n'avait aucun soupçon la concernant. Personne n'avait aucun soupçon la concernant. Hélène n'était pas le genre de femme qui éveillait des soupçons.

Tandis qu'elle rangeait les affaires du petit déjeuner, elle se disait qu'elle était sauvée par cette apparence parfaite que personne n'avait envie de creuser. Que personne n'avait envie de connaître.

Henri sorti de la pièce, elle s'installa de nouveau à la table de la cuisine. Jamais elle ne s'était sentie si seule. Elle était écrasée par cette solitude. Vers qui pourrait-elle se tourner ? A qui pourrait-elle se confier ? Elle ne voyait pas. Elle ne savait pas. Personne. Personne pour l'écouter. Pour la comprendre.

Elle se demanda si cette solitude avait toujours fait partie de sa vie, ou si c'était nouveau. Ou si c'était elle qui l'avait elle-même créée. Si c'était elle qui avait construit un rempart autour d'elle, à force de vouloir se protéger, à force de ne rien vouloir dévoiler.

Le robinet qui goutte. Son cœur qui bat. La machine à café qui gargouille. Le temps qui passe avec une lenteur affreuse. Comment va-t-elle tenir ? Les jours, les mois, les années s'étirent devant elle, monotones, gris, ponctués de cette sensation d'attente, d'expectative. Son courage s'enfuit. Elle le sent qui s'échappe d'elle comme du sang qu'elle perd. Elle baisse la tête. Dans le gros toaster en aluminium, elle se voit. Elle est belle. Lisse. Parfaite. Deux morts sur la conscience. Deux morts. Comme ces sinistres silhouettes noires qui ont la forme d'un cercueil, découpées dans du contreplaqué, plantées le long des nationales sur les lieux d'accidents mortels, pour assagir les conducteurs trop pressés. Elle, elle en a deux. Un homme, une femme. Mon Dieu ! Le bébé. Elle a oublié le bébé.

Trois morts. Trois silhouettes noires. Elle ferme les yeux.

— A ce soir, chérie, lance Henri, de la porte.

— A ce soir, dit-elle, d'une voix posée.

La cuisine est comme une bulle qui la protège du dehors, de la vraie vie. Assise, immobile, elle a une conscience confuse du monde qui l'entoure, qui bouge sans elle, qui avance sans elle, de milliers de personnes qui vaquent à leur vie, à leur travail, à leurs enfants, à leur routine. Une fourmilière d'activité. Et elle. Elle est à part. Isolée. Seule. Figée.

Quelle aurait été sa vie si elle avait téléphoné à la police quand le Serbe était mort dans ses bras ? Si elle avait tout avoué à Henri depuis le départ ? Elle n'en serait pas là. Tout serait différent. Henri lui aurait pardonné son infidélité. Le Tout-Saint-Germain-des-Prés aurait jasé à propos de son aventure, mais pas trop longtemps. Elle aurait pu le supporter. Avec l'aide d'Henri, son soutien, elle aurait pu. Si elle avait tout dit, tout expliqué, il n'y aurait pas eu la mort de la fille. La mort du bébé.

Elle pense tout à coup à la femme aux yeux de chat. A ce qu'elle lui avait dit, le jour de la chute de la fille. Il va très vite, mon train. J'essaie d'assumer. Même ce qui est difficile à assumer. J'essaie quand même.

Assumer. Hélène se demande comment on fait pour assumer trois morts.

Elle ne sait pas depuis combien de temps elle est assise à cette table. Jour de congé de Marie-Rose. Dieu merci. Elle ne supporte plus la présence de Marie-Rose. Puisque Marie-Rose ne viendra pas, elle peut rester assise ainsi, encore long-temps. Elle pourrait rester comme ça, sans bouger. Personne à qui parler. Per-sonne. Elle pourrait rester comme ça toute la journée, jusqu'au retour d'Henri.

Temps qui passe. Cœur qui bat. Sa res-piration. Robinet qui goutte. Ses yeux qui examinent mécaniquement les détails de la cuisine. Les épices. Parfaitement ali-gnées. Les herbes. Le sel et le poivre. Les placards. Les couteaux, rangés par taille, étincelants. Le grand évier rond. Il fau-drait qu'elle ferme le robinet, mais elle n'a pas le courage de se lever. Elle se sent protégée par son immobilité.

Son corps dort presque. Il est assis, elle le tient, mais elle est comme dans un demi-sommeil. Elle est ailleurs. Où ? Où pourrait-elle être ? Si elle pouvait être ailleurs maintenant, où serait-elle ? A Honfleur, dans son jardin. En plein été. A tailler ses roses. A planter. A retourner la terre. Elle serait avec Charlotte, la fille d'Alice, qui, du haut de ses cinq ans, pose des questions inouïes. Il faut toujours répondre très sérieusement à Charlotte. Charlotte n'aime pas qu'on se moque d'elle. Charlotte s'intéresse aux insectes. Sa passion, c'est le morosphinx, un croisement rare entre un colibri et un papillon. Alors que tout le monde a peur du gros morosphinx, surtout le petit frère Gaspard qui s'enfuit en hurlant dès qu'il le voit, Charlotte aime s'approcher de près pour le regarder. Charlotte explique à sa grand-mère que le morosphinx est très gentil. Il est bizarre et disgracieux, mais il ne pique pas. Il ne vient que quand il fait très chaud. Il n'aime que butiner des fleurs avec son immense trompe et faire du surplace au-dessus des pétales avec ses ailes translucides.

Hélène revoit le morosphinx, vrombissant au-dessus des fleurs, sa trompe tendue devant lui, elle voit le ballet incessant qu'il esquisse pour plonger dans chaque fleur, en tirer le maximum de suc, minutieux, précis. La sonnette. Quelqu'un sonne. Longuement. Comme dans un rêve, elle l'entend de très loin.

Elle se lève, les membres ankylosés. Elle se dirige vers la porte d'entrée. L'ouvre.

Elle étouffe un cri.

C'est le jeune garçon. Celui qui se faisait passer pour le frère.

Elle referme la porte à toute vitesse. Mais il a bloqué le battant avec son pied, et d'un coup d'épaule puissant, il est entré. Elle veut crier, hurler, mais rien ne sort de sa bouche.

Elle le regarde. Il semble plus grand, plus âgé. Plus costaud. Il est habillé d'une parka noire, d'un polo rouge. Il porte des tennis de marque. Il se tient droit. Il est fier, arrogant. Il n'a plus rien à voir avec l'adolescent piteux de la place du Tertre, celui qui a pris ses perles noires.

Il est venu pour de l'argent. Il va continuer à faire ce que faisait la fille. Lui extorquer de l'argent.

Brusquement, Hélène sent qu'elle n'est plus dans la bulle. La voilà revenue dans la vraie vie.

Elle sent l'air frais du dehors contre ses joues. Un froid vif, piquant. Elle entend les klaxons du boulevard voisin, les pas des promeneurs le long de la cité des Fleurs, le rire d'un voisin. Elle respire l'odeur aigre, poivrée du garçon.

La vraie vie prend possession d'elle, se décharge en elle comme un électrochoc. Elle reçoit la secousse avec un soubre-saut. C'est fini.

Elle est dans la vraie vie. Elle ne subira plus rien. Elle ne sera plus jamais passive. Elle décidera. Elle fera. Elle assumera. Elle assumera, jusqu'au bout. Même si c'est difficile.

Elle lève la tête vers le garçon. Il se tient contre le mur, grand, menaçant, le regard noir.

Mais elle n'a pas peur. Elle n'aura plus jamais peur.

Elle sourit. Un drôle de sourire, dont elle n'a pas l'habitude, qui tire ses lèvres d'une façon nouvelle.

Elle dit :

— Tu veux un café ?

Elle ouvre les yeux. Lentement. Où est-elle ? Sa chambre. Les rideaux tirés. La lumière du jour qui filtre à travers le tissu. Un mal de crâne qui vrille ses tempes. La voix d'Henri, pas loin, derrière la porte.

Sa bouche est sèche. Un verre d'eau. Il faudrait qu'elle descende à la cuisine. Non, pas la cuisine. « Il » est encore là. Par terre. Elle ne peut pas descendre. Pas question de « le » voir. Elle se lève, douce-ment, se dirige vers la salle de bains, se verse de l'eau sur le visage. Ses oreilles captent des bribes de ce que dit Henri. Assez fatiguée, la pauvre. Elle doit se reposer, tu sais.

Hélène se redresse. Il parle d'elle. A qui ? A Alice, certainement. Dans le miroir, son visage est pâle. Quelle heure est-il ? Elle cherche sa montre. Elle ne la trouve pas. Elle se rassied sur le lit. Ses vêtements sont fripés, elle a dû s'assoupir dedans.

Elle a l'impression d'un décalage horaire. Elle flotte. Le mal de tête s'estompe, laisse un bourdonnement sourd dans son sillage. Elle ne sait plus si c'est le matin, le soir. Elle ne comprend plus.

La cuisine. Le corps. L'arrivée d'Henri. Kaléidoscope d'images confuses. Elle a dû s'évanouir. Henri l'a allongée sur son lit en attendant la police. Il prévient en ce moment Alice du drame. Cela a dû se passer comme ça.

Silence de la maison. Où est le corps ? Où est la police ? Elle se rallonge sur le lit. Elle se sent fragile, démunie. Tout cela est si étrange. On dirait un rêve. Un cauchemar.

Elle devrait préparer ses affaires. Un petit fourre-tout avec quelques vêtements de rechange, des ballerines fines, un démaquillant, une crème hydratante. Elle devrait se lever, s'affairer. Mais elle ne peut pas. Elle reste sur le lit, silencieuse, immobile.

Peut-être que la police est déjà en bas, qu'ils attendent tout simplement qu'elle revienne à elle pour l'embarquer.

Peut-être qu'il y a là un commissaire qui discute avec Henri. Henri qui dit, abasourdi, que jamais il ne pensait sa femme capable de faire des choses pareilles. Et le commissaire qui répond, en haussant les épaules, que c'est souvent les bourgeoises les plus irréprochables qui font les criminelles les plus sanguinaires. Quatre morts, tout de même, ce n'est pas rien, cher monsieur.

Quatre morts. Combien d'années de prison pour quatre morts ? Perpétuité, sans aucun doute. La prison, jusqu'à la fin de sa vie. Tu te souviens d'Hélène Harbelin, « sainte Hélène » ? La si ennuyeuse Hélène ? Elle a pris « perpète », tiens. Comme un tueur en série.

Elle entend des pas. La porte s'ouvre. Henri. Il sourit. Elle le regarde, sans rien dire. Que peut-elle lui dire ? Elle n'en a aucune idée.

Pourquoi sourit-il ainsi ? Elle ne comprend pas. Il n'a aucune raison de sourire. Il y a un mort dans sa cuisine, la police dans son salon et un panier à salade devant le perron.

Henri ouvre les rideaux, laisse entrer un filet de lumière. Il sifflote. Hélène l'observe, décontenancée.

— Quelle longue sieste, ma chérie.

Elle essaie d'articuler quelque chose, mais n'y parvient pas.

— Tu devrais te changer, Hélène, on est en retard.

Elle le regarde avec tant de stupéfaction qu'il éclate de rire.

— Tu as oublié, on dirait. Notre brunch chez Julien ? Allez, dépêche-toi ! Je descends te préparer un café pour te réveiller.

Il s'en va. Il n'a pas parlé de corps. De police. De commissaire.

Hélène se lève, titubante. Elle s'enferme dans la salle de bains. Ses tempes lui font mal. Elle n'arrive plus à réfléchir, à comprendre. Elle ne sait plus où elle en est. Elle ne sait plus rien.

Devant le lavabo, son ancien vertige la reprend avec violence. Elle plaque son front contre la solidité du carrelage froid, agrippe le rebord du lavabo. Le vertige la soumet à lui, l'entraîne dans un tourbillon fou. Elle subit, transie, le cœur au bord des lèvres. Cela dure quelques minutes, mais cela lui paraît une éternité.

Enfin, elle se redresse. Ouvre les yeux. Se regarde. Blanche, mais belle.

Elle commence à se maquiller avec des gestes précis, rapides. Un trait de rouge à lèvres. Elle change sa chemise, son pantalon. Se parfume.

Avant de rejoindre Henri, un dernier coup d'œil dans le miroir. Quelque chose a changé. Quoi ? Elle ne saurait dire.

Les yeux, peut-être. Le regard.

Remerciements

Je remercie Frédérique, grâce à qui j'ai connu le passage du Désir.

Je remercie Hector, grâce à qui j'ai découvert la cité des Fleurs.

Cet ouvrage a été composé et imprimé par

FIRMIN DIDOT

GROUPE CPI

Mesnil-sur-l'Estrée

pour le compte de France Loisirs
en octobre 2004

Imprimé en France
Dépôt légal : novembre 2004
N° d'édition : 41599 – N° d'impression : 70457